Est, Ouest

DU MÊME AUTEUR

A la Librairie Plon
Le Dernier Soupir du Maure, 1996.

Aux Editions Lattès
Grimus, 1977.

Aux Editions Stock
Les Enfants de minuit, 1983.
La Honte, 1984.
Le Sourire du jaguar, 1987.

Aux Editions Christian Bourgois
Les Versets sataniques, 1989.
Haroun et la mer des histoires, 1991 (10/18, 1993).
Patries imaginaires, 1993 (10/18, 1995).

SALMAN RUSHDIE

EST, OUEST

Nouvelles

Traduit de l'anglais
par François et Danielle Marais

FEUX CROISÉS

PLON

TITRE ORIGINAL

East, West
publié par Jonathan Cape, Ltd, Londres.

Collection Feux Croisés
dirigée par Ivan Nabokov

ISBN Plon : 2-259-18279-8
ISBN de l'édition Vintage : 0-09-954381-8

Pour Andrew et Gillon

Est

UN BON CONSEIL EST
PLUS RARE QUE DES RUBIS

Le dernier mardi du mois, l'autocar du matin, les phares encore allumés, amena Miss Rehana devant le consulat. En arrivant, il souleva un nuage de poussière qui voila sa beauté aux yeux des étrangers tandis qu'elle en descendait. L'autocar était couvert d'arabesques de couleurs vives et sur l'avant on pouvait lire « RANGE-TOI, CHÉRI », en lettres vertes et or ; et sur l'arrière, on avait ajouté « TATA-BATA » et aussi « O.K. BONNE CHANCE ». Quand Miss Rehana dit au chauffeur que c'était un très bel autocar, il sauta sur la place pour lui tenir la porte, et lui fit un profond salut de théâtre lorsqu'elle mit pied à terre.

Miss Rehana avait de grands yeux noirs, assez brillants pour ne pas avoir besoin d'antimoine, et quand le spécialiste en conseils, Mohammed Ali, les vit, il se sentit rajeunir. Il la regarda s'approcher des grilles du consulat alors que la lumière du jour montait, et demander au lala de garde, un barbu en uniforme kaki à boutons dorés, avec un turban à cocarde, quand elles s'ouvriraient. Le lala, d'habitude si revêche avec les femmes qui se présentaient au consulat le mardi, fut presque courtois.

« Dans une demi-heure, répondit-il d'un ton bourru. Peut-être deux heures. Qui sait ? Les sahibs prennent leur petit déjeuner. »

La place poussiéreuse entre l'arrêt de l'autocar et le

consulat était déjà pleine de femmes du mardi, certaines voilées, d'autres le visage découvert comme Miss Rehana. Toutes semblaient effrayées et s'appuyaient lourdement sur le bras d'oncles ou de frères qui essayaient d'avoir l'air sûrs d'eux. Mais Miss Rehana était venue seule, et ne paraissait pas inquiète.

Mohammed Ali, spécialisé dans les conseils à celles qui semblaient les plus vulnérables parmi ces suppliantes hebdomadaires, s'aperçut que ses pieds le conduisaient vers l'étrange jeune fille indépendante aux grands yeux.

« Mademoiselle, demanda-t-il. Vous êtes venue chercher une autorisation pour aller à Londres, si je ne me trompe. »

Elle se tenait devant un étal de beignets chauds, dans l'un des baraquements en bordure de la place, et mâchait des chilli-pakoras avec appétit. Elle se retourna pour le regarder et, de près, ces yeux eurent un effet désastreux sur le système digestif de Mohammed Ali.

« Oui, c'est cela.

— Alors, s'il vous plaît, me permettez-vous de vous donner un conseil ? Prix modique. »

Miss Rehana sourit. « Un bon conseil est plus rare que des rubis, dit-elle. Mais hélas, je ne peux pas payer. Je suis orpheline, moi, je ne roule pas sur l'or comme ces dames.

— Faites confiance à mes cheveux gris, insista Mohammed Ali. Mon conseil est marqué du sceau de l'expérience. Vous allez à coup sûr le trouver excellent. »

Elle secoua la tête. « Je vous ai dit que je n'étais qu'une pauvre fille. Il y a ici des femmes avec des hommes de leur famille qui ont tous de bons salaires. Allez les voir. Un bon avis doit trouver du bon argent. »

Je deviens fou, se dit Mohammed Ali, car il entendit sa propre voix dire toute seule : « Miss, c'est le destin qui m'a conduit vers vous. Qu'y pouvons-nous ? Notre rencontre était écrite. Moi aussi, je ne suis qu'un pauvre homme, mais pour vous, mon conseil sera gratuit. »

Elle sourit de nouveau. « Alors, je dois assurément

l'écouter. Quand le destin envoie un cadeau, on profite de sa chance. »

Il la conduisit jusqu'au bureau de bois très bas dans son coin habituel du baraquement. Elle le suivit, en continuant à manger des pakoras qu'elle prenait dans un cornet de papier journal. Elle ne lui en offrit aucun.

Mohammed Ali posa un coussin sur le sol poussiéreux. « Asseyez-vous, je vous en prie. » Elle s'exécuta. Il s'installa les jambes croisées derrière le bureau, en face d'elle, conscient que deux ou trois douzaines de paires d'yeux l'observaient avec envie, que tous les autres hommes du baraquement lorgnaient la dernière conquête de ce vieux charlatan aux cheveux gris. Il respira un grand coup pour reprendre ses esprits.

« Nom, s'il vous plaît.

— Miss Rehana, lui répondit-elle. Fiancée de Mustafa Dar de Bradford, à Londres.

— Bradford en Angleterre, la corrigea-t-il avec douceur. Londres n'est qu'une ville, comme Multan ou Bahawalpur. L'Angleterre est une grande nation pleine des pires pisse-froid du monde.

— Je comprends. Merci », lui répondit-elle d'un ton si sérieux qu'il se demanda si elle ne se moquait pas de lui.

« Vous avez rempli une demande ? Faites voir, s'il vous plaît. »

Elle sortit d'une enveloppe marron un document plié avec soin.

« Tout est en règle ? » Pour la première fois, une note d'angoisse perça dans sa voix.

Il tapota le bureau à côté de l'endroit où était posée la main de la jeune fille. « Mais bien sûr, dit-il. Enfin, je vais vérifier. »

Elle termina les pakoras pendant qu'il examinait les papiers.

« Parfait, déclara-t-il enfin. Tout est en règle.

— Merci pour votre conseil, dit-elle, déjà prête à se lever. Je vais aller attendre devant la porte.

— A quoi pensez-vous ? s'écria-t-il d'une voix forte, en

se frappant le front. Vous croyez que c'est aussi simple ? Qu'il suffit de donner le formulaire et hop ! on vous tend l'autorisation avec un grand sourire ? Je vous le dis, Miss Rehana, là où vous allez, c'est bien pire que dans un commissariat !

— Vraiment ? » L'éloquence de Mohammed Ali avait atteint son but. A présent, il tenait son auditrice captive, il pourrait la regarder quelques instants de plus.

Il inhala une nouvelle bouffée d'air pour se calmer, et se lança dans un discours préparé à l'avance. Il lui expliqua que les sahibs considéraient que toutes les femmes qui venaient le mardi et prétendaient être des parentes à charge de chauffeurs de bus à Londres ou d'experts comptables à Manchester n'étaient que des menteuses, des tricheuses et des malhonnêtes.

Elle protesta : « Mais je vais simplement leur dire que moi, je suis l'exception qui confirme la règle ! »

Devant son innocence, il trembla de peur pour elle. Il lui dit qu'elle n'était qu'un petit moineau et, eux, des hommes aux yeux encapuchonnés, comme des faucons. Il lui expliqua qu'ils lui poseraient des questions, des questions personnelles, des questions qu'un frère n'oserait pas poser à sa propre sœur. Ils lui demanderaient si elle était vierge et, sinon, quelles étaient les habitudes de son fiancé au lit, et quels petits noms ils se donnaient dans l'intimité.

Mohammed Ali parlait brutalement exprès afin d'atténuer le choc qu'elle éprouverait quand cela, ou quelque chose d'approchant, se produirait. Miss Rehana ne détourna pas le regard mais ses mains posées sur le bord du bureau commencèrent à s'agiter.

Il poursuivit :

« Ils vont vous demander combien il y a de pièces dans votre maison familiale, de quelle couleur sont les murs, et quels jours vous jetez les ordures. Ils vont vous demander quel était le second prénom de la belle-fille de la tante du troisième cousin de la mère de votre homme. Toutes choses qu'ils ont déjà demandées à votre Mustafa

Dar dans son Bradford. Une seule erreur et vous êtes perdue.

— Oui, répondit-elle, et il entendit qu'elle maîtrisait sa voix. Et quel est votre conseil, vieil homme ? »

En général, c'était à ce moment-là que Mohammed Ali commençait à chuchoter de façon urgente, pour indiquer qu'il connaissait un homme, un type très bien, qui travaillait au consulat, et que, par son intermédiaire, moyennant un petit billet, elle obtiendrait les papiers nécessaires, dûment tamponnés. Ses affaires étaient bonnes, car les femmes lui donnaient souvent jusqu'à cinq cents roupies ou un bracelet en or pour sa peine, et elles repartaient contentes.

Elles avaient parcouru des centaines de kilomètres — d'ordinaire, il s'en assurait avant de commencer à les embobeliner — aussi, quand elles découvraient l'escroquerie, il y avait peu de chances pour qu'elles reviennent. Elles partaient directement faire leurs bagages à Sargodha ou à Lalukhet et Dieu sait quand elles constateraient qu'il les avait flouées ; mais de toute façon il serait trop tard.

La vie est dure, et un vieil homme doit vivre d'expédients. Ce n'était pas à Mohammed Ali d'éprouver de la compassion pour ces femmes du mardi.

Mais à nouveau sa voix le trahit, et au lieu d'entamer son discours habituel, il commença à révéler à Miss Rehana le plus grand secret de Mohammed Ali.

« Miss Rehana, dit sa voix, et il l'écouta, stupéfait, vous êtes une personne rare, un joyau, et pour vous je vais faire ce que je ne ferais pas pour ma propre fille, peut-être. Un document m'est tombé entre les mains, qui peut résoudre tous vos problèmes d'un seul coup.

— Et quel est ce papier magique ? » lui demanda-t-elle, avec à présent une lueur de moquerie dans les yeux.

La voix de Mohammed Ali se fit très basse.

« Un passeport britannique, Miss Rehana. Parfaitement

authentique et de première. J'ai un bon ami qui y mettra votre nom et votre photo, et alors, passez muscade, à vous l'Angleterre ! »

Il l'avait dit !

Tout était possible maintenant, en ce jour de folie. Il le lui donnerait sans doute gratuitement, et ensuite il se le reprocherait pendant des mois.

Vieux fou, se réprimanda-t-il. *Plus un homme est vieux et plus les jeunesses lui font tourner la tête.*

« Si je vous comprends bien, disait-elle, vous me conseillez d'enfreindre la loi...

— Pas de l'enfreindre, l'interrompit-il. De l'assouplir.

— ... et d'aller à Bradford, à Londres, illégalement, et de justifier ainsi la mauvaise opinion que les sahibs du consulat ont de nous tous. Vieux babuji, ce n'est pas un bon conseil.

— Bradford, en *Angleterre*, rectifia-t-il sombrement. Vous ne devez pas prendre mon offre de cette façon.

— Comment alors ?

— Bivi, je suis un pauvre homme et je vous ai offert ce cadeau parce que vous êtes belle comme le jour. Ne crachez pas sur ma générosité. Prenez donc ce passeport. Sinon, rentrez chez vous et oubliez l'Angleterre. En tout cas, n'entrez pas dans ce bâtiment pour y perdre votre dignité. »

Mais elle était debout et lui tournait le dos pour s'approcher des grilles ; les femmes avaient commencé à s'attrouper, et le lala leur disait d'attendre patiemment, sinon aucune d'elles ne serait admise.

« Conduisez-vous comme une folle, lui cria Mohammed Ali. Qu'est-ce que ça peut faire à mon père ? » (Voulant dire par là, qu'est-ce que ça pouvait lui faire, à lui.)

Elle ne se retourna pas.

« C'est la malédiction de notre peuple, hurla-t-il. Nous sommes pauvres, nous sommes ignorants et nous refusons absolument d'apprendre.

— Hé, Mohammed Ali, lui cria la femme qui vendait

des noix de bétel. Tu perds ton temps, elle les aime jeunes. »

Mohammed Ali resta toute la journée planté non loin du consulat. Il se gronda de nombreuses fois, *Va-t-en, vieil idiot, la dame ne désire plus te parler*. Mais quand elle ressortit, elle le trouva qui attendait.

« Salaam, monsieur aux bons conseils », lui dit-elle pour le saluer.

Elle avait l'air calme et ne semblait plus lui en vouloir : *Mon Dieu, ya Allah, elle a réussi*, se dit-il. *Les sahibs britanniques ont dû eux aussi se noyer dans ses yeux, et elle a obtenu son autorisation pour aller en Angleterre.*

Il lui sourit, plein d'espoir. Elle lui rendit son sourire sans inquiétude.

« Miss Rehana begum, dit-il, mes félicitations, ma fille, pour ce qui est manifestement votre heure de triomphe. »

Elle lui saisit l'avant-bras d'un geste impulsif.

« Venez, dit-elle. Permettez-moi de vous acheter un pakora afin de vous remercier pour votre conseil et de m'excuser aussi de mon impolitesse. »

Dans la poussière de l'après-midi, ils attendaient près de l'autocar qui s'apprêtait à partir. Des coolies attachaient des sacs de couchage sur le toit. Un marchand ambulant débitait son boniment à côté du véhicule pour essayer de vendre aux passagers des histoires d'amour et des plantes médicinales qui guérissaient du malheur. Miss Rehana et un Mohammed Ali tout heureux mangeaient leurs pakoras, assis sur le « garde-boue avant », c'est-à-dire le pare-chocs. Le vieil expert en conseils se mit à fredonner doucement l'air d'une bande sonore de film. Il ne faisait plus aussi chaud.

« C'étaient des fiançailles arrangées, dit soudain Miss Rehana. J'avais neuf ans quand mes parents les ont décidées. A l'époque, Mustafa Dar avait déjà trente ans, mais mon père voulait quelqu'un qui pourrait prendre soin de moi comme il l'avait fait lui-même, et papaji savait que Mustafa était quelqu'un de solide. Et puis mes parents sont morts, Mustafa Dar est parti pour l'Angleterre et il m'a dit qu'il m'enverrait chercher. C'était il y a de nombreuses années. J'ai sa photo, mais c'est comme un inconnu pour moi. Même sa voix, je ne l'ai pas reconnue au téléphone. »

La confession prit Mohammed Ali au dépourvu, mais il hocha la tête d'un air qui passerait, espérait-il, pour de la sagesse.

« En fin de compte, dit-il, les parents agissent dans l'intérêt de leurs enfants. Ils vous ont trouvé un homme bon et honnête qui a tenu parole et qui vous a envoyé chercher. Et maintenant, vous avez toute la vie pour apprendre à le connaître et à l'aimer. »

L'amertume qu'il vit envahir le sourire de Miss Rehana le déconcerta.

« Mais, vieil homme, lui demanda-t-elle, pourquoi m'avez-vous déjà empaquetée et expédiée en Angleterre ? »

Il se releva, scandalisé.

« Comme vous aviez l'air heureux... je me suis figuré. Excusez-moi, mais ils vous ont renvoyée, ou quoi ?

— J'ai répondu faux à toutes les questions, expliqua-t-elle. Les signes particuliers, je les ai placés sur les mauvaises joues, j'ai entièrement refait le décor de la salle de bains, j'ai tout mis absolument à l'envers. Et voilà !

— Mais pourquoi ? Comment allez-vous partir ?

— Je vais rentrer à Lahore et reprendre mon travail. Je suis employée dans une grande maison et je m'occupe de trois gentils garçons. Ils auraient été tristes de me voir partir. »

« Mais c'est une tragédie ! se lamenta Mohammed Ali. Oh ! comme j'aurais aimé vous voir accepter mon offre ! Seulement, maintenant, c'est impossible, j'ai le regret de vous en informer. Maintenant, ils ont votre formulaire dans leurs dossiers, ils feraient des vérifications, même le passeport ne serait pas suffisant. C'est fichu, entièrement fichu, alors qu'en tenant compte de mon conseil à temps, cela aurait pu être si facile.

— Je ne crois pas, lui répondit-elle. Je ne crois vraiment pas que vous deviez vous désoler. »

Jamais, au cours de sa rude et longue vie de désir inassouvi, il n'avait vécu plus grand bonheur que le dernier sourire de Miss Rehana, et, debout devant le lotissement, il regarda l'autocar disparaître dans un nuage de poussière.

LE TRANSISTOR GRATUIT

Nous savions tous qu'il ne lui arriverait rien de bon tant que la veuve du voleur aurait les griffes plantées dans sa chair, mais le garçon était un innocent, un pauvre imbécile, et on ne peut rien dire à des gens comme ça.

Il aurait pu avoir une bonne vie. Dieu lui avait fait la grâce d'une beauté divine et son père était descendu au tombeau pour lui, mais n'avait-il pas laissé à son fils un cyclo-pousse tout neuf avec des sièges recouverts de plastique et tout ? Ramani avait fière allure, une affaire à lui, et il aurait trouvé une bonne épouse le temps de mettre quelques roupies de côté. Mais non, il a fallu qu'il s'amourache d'une veuve de voleur avant d'avoir de la barbe au menton, avant d'avoir perdu ses dents de lait pour ainsi dire.

On en était malade pour lui, mais qui écoute les vieux aujourd'hui ?

Hein, qui ?

Absolument personne, et certainement pas une tête de mule comme Ramani, le conducteur de cyclo-pousse. Mais c'est la faute de la veuve. J'ai vu comment ça s'est passé, de mes yeux vu ; j'ai vu presque tout, si bien qu'à la fin, j'en étais écœuré. J'étais assis sous ce banian à fumer mon houka, et rien ne m'a échappé.

A un moment, j'ai essayé de sauver le garçon, mais ça n'a pas marché...

La veuve était attirante, on ne peut pas dire le contraire, dans un genre dur et vicieux elle avait du charme, mais c'est sa mentalité qui était pourrie. Elle avait dix ans de plus que Ramani, cinq enfants vivants et deux morts ; ce que le voleur fabriquait en dehors de faire des enfants et de voler, Dieu seul le sait, mais il ne lui a pas laissé un sou, alors évidemment Ramani l'intéressait. Je ne veux pas dire qu'un conducteur de cyclo-pousse gagne des mille et des cents dans cette ville, mais il vaut mieux manger deux bouchées que du vent. Et il n'y en a pas beaucoup qui regarderaient deux fois la veuve d'un bon à rien.

Ils se sont rencontrés juste ici.

Un jour, il est arrivé dans la rue, sans passager mais avec un grand sourire comme si on lui avait donné un gros pourboire, et il chantait un air de la radio, les cheveux gominés comme pour un mariage. Il n'était pas bête au point de ne pas voir que les filles le regardaient et faisaient des commentaires sur ses jambes longues et bien musclées.

La veuve du voleur était allée chez le marchand hindou pour acheter trois grammes de pois cassés et je ne dirai pas d'où venait l'argent, mais il y en a qui ont vu des hommes près de sa cabane, la nuit, même le marchand hindou qu'ils m'ont dit, mais moi, je resterai bouche cousue.

Elle avait ses cinq moutards avec elle et sans se gêner, elle a crié : « Hé ! Cyclo-pouuuusss ! » Fort, vous savez, comme une femme de rien. Pour nous montrer qu'elle avait les moyens de s'offrir des cyclo-pousses, comme si ça intéressait quelqu'un. Ses enfants ont dû sauter un repas pour qu'elle puisse se payer la course, mais à mon avis, c'était un investissement, parce qu'elle avait déjà décidé de mettre le grappin sur Ramani. Alors ils sont tous montés dans le pousse et il l'a emmenée, et comme les cinq enfants et la veuve ça faisait un sacré poids, il haletait, et les veines lui sortaient des jambes, et je me suis dit, Attention ! mon garçon, ou tu vas avoir ce fardeau à tirer toute ta vie.

Mais après, on a vu ce Ramani et la veuve du voleur partout ensemble, dans des lieux publics, sans aucune pudeur, et j'étais content de savoir que sa mère était morte, car si elle avait vu ça, la honte lui aurait fait perdre la face.

A cette époque, Ramani venait parfois le soir dans cette rue pour retrouver des amis, et ils se croyaient très malins parce qu'ils allaient chez l'Iranien, dans l'arrière-salle, et buvaient de l'alcool interdit ; bien sûr, tout le monde était au courant, mais qu'est-ce qu'on pouvait faire ? Si des garçons se ruinent la santé, ça regarde leurs parents.

J'étais triste de voir Ramani en si mauvaise compagnie. J'avais connu ses parents, mais, quand je lui ai dit de ne pas fréquenter ces frimeurs, il m'a fait un grand sourire et m'a dit que j'avais tort, qu'ils ne faisaient rien de mal.

Laisse tomber, je me suis dit.

Je les connaissais, ses copains à lui. Ils portaient tous le brassard du Mouvement de la jeunesse. C'était à l'époque de l'état d'urgence, vous comprenez, et ses amis n'étaient pas très commodes, on racontait des histoires de gens tabassés, alors je restais assis sous mon arbre. Ramani ne portait pas de brassard, mais il sortait avec eux parce qu'ils l'impressionnaient, l'imbécile.

Ces jeunes du Mouvement étaient toujours en train de flatter Ramani. Un si joli garçon, qu'ils lui disaient, à côté de toi des superstars comme Shashi Kapoor et Amitabh ont l'air de lépreux, tu devrais aller à Bombay et faire du cinéma.

Ils le flattaient, lui faisaient miroiter des rêves parce qu'ils savaient qu'ils pouvaient lui rafler son argent aux cartes, et il leur payait à boire en jouant, alors qu'il n'était pas plus riche qu'eux. Et voilà que Ramani a commencé à avoir la tête pleine de rêves, parce qu'il n'y avait rien d'autre dedans, et c'est aussi pour ça que j'en veux à la veuve, elle était plus vieille, elle aurait dû avoir plus de jugeote, en un clin d'œil elle aurait pu lui faire oublier tout ça, mais non, et un jour je l'ai entendue lui dire, assez fort pour que tout le monde en profite : « Tu ressembles au seigneur Krishna lui-même, sauf que tu n'es pas bleu partout. » Dans la rue ! Pour que tout le monde sache qu'ils étaient amants ! A partir de ce jour-là, j'ai été sûr qu'une catastrophe allait arriver.

Quand la veuve est revenue dans la rue voir le marchand hindou, j'ai décidé d'agir. Pas pour moi, mais pour les parents décédés de Ramani, j'ai pris le risque d'être humilié par cette... Non, je ne prononcerai pas son nom, elle vit ailleurs maintenant et ils doivent commencer à la connaître, là où elle est.

J'ai crié : « Hé ! toi, la veuve du voleur ! »

Elle s'est arrêtée net, en faisant une grimace horrible, comme si je lui avais donné un coup de fouet.

J'ai ajouté : « Approche, j'ai quelque chose à te dire. »

Elle ne pouvait pas refuser, car j'ai une certaine importance dans la ville et elle a peut-être pensé que si les gens nous voyaient parler ils cesseraient de l'ignorer dans la rue, aussi m'a-t-elle rejoint, comme je l'avais prévu.

« Je n'ai qu'une chose à te dire, lui ai-je déclaré dignement. J'aime bien Ramani, le conducteur de cyclo-pousse. Trouve-toi quelqu'un de ton âge, ou mieux, va à Bénarès, à l'ashram des veuves, pour y passer le reste de ta vie à prier, en remerciant Dieu que l'immolation des veuves soit maintenant interdite. »

Alors elle a essayé de me couvrir de honte en poussant des cris et en me lançant des malédictions, en disant que mon venin aurait dû me tuer depuis longtemps, et elle a ajouté : « Laissez-moi vous dire, monsieur le professeur sahib à la retraite, que votre Ramani m'a demandée en mariage et que je lui ai répondu non, parce que je ne veux plus d'enfants, et qu'il était jeune et qu'il n'avait qu'à se débrouiller. Dites-le au monde entier et ravalez votre venin de cobra. »

Pendant quelque temps je ne me suis plus occupé des histoires de Ramani et de la veuve du voleur : j'avais fait tout ce qui était en mon pouvoir, et il y avait quantité d'autres choses dans la ville pour intéresser une personne comme moi. Par exemple, l'officier de santé local avait amené une énorme caravane blanche dans la rue et on l'avait autorisé à la ranger sous le banian ; et chaque nuit, on y conduisait des hommes et on leur faisait des choses.

Je ne restais pas dans les parages à cette époque car les jeunes avec des brassards étaient toujours de service, alors je prenais mon houka et j'allais m'asseoir ailleurs. J'entendais des rumeurs sur ce qui se passait dans la caravane, mais je me bouchais les oreilles.

Mais c'est lorsque cette caravane, qui sentait l'éther, a été en ville, que la perversité de la veuve est devenue flagrante ; à ce moment-là, Ramani s'est soudain mis à parler de sa nouvelle lubie et à raconter à tous ceux qu'il rencontrait que très bientôt il allait recevoir un cadeau spécial et personnalisé du gouvernement de New Delhi, et que ce cadeau, ce serait un poste de radio à transistors tout neuf de première qualité et marchant avec piles.

Nous avions toujours su que Ramani était un peu simplet avec ses ambitions de star de cinéma et je ne sais quoi, alors, là, on s'est contenté de hocher la tête en disant, « Oui, Ram, tu as de la chance, et c'est un gouvernement généreux, il donne un poste de radio à ceux qui aiment la musique populaire ».

Mais Ramani insistait en disant que c'était vrai, et il semblait n'avoir jamais été aussi heureux de sa vie, un bonheur que seule la prétendue arrivée imminente du transistor pouvait expliquer.

Aussitôt après le rêve de la radio, Ramani et la veuve du voleur se sont mariés, et j'ai tout compris. Je ne suis pas allé à la cérémonie — pas grand-chose aux dires des gens — mais, par la suite, j'ai parlé avec Ram quand, un jour, il est passé devant le banian avec son cyclo-pousse vide. Il est venu s'asseoir à côté de moi et je lui ai demandé : « Mon enfant, est-ce que tu es allé dans la caravane ? Qu'est-ce qu'ils t'ont fait ?

— Ne t'inquiète pas, a-t-il répondu. Tout est merveilleux. Je suis amoureux, professeur sahib, et j'ai fait ce qu'il fallait pour pouvoir me marier. »

Je dois avouer que je me suis mis en colère, j'ai presque pleuré quand j'ai compris que Ramani était allé subir volontairement l'humiliation infligée de force aux autres hommes qu'on traînait dans la caravane. Je l'ai réprimandé amèrement : « Pauvre idiot, tu as laissé cette femme te priver de ta virilité.

— Ce n'est pas grave, a dit Ram — il voulait parler du *nasbandi* —, ça n'empêche pas de faire l'amour ni rien, excuse-moi professeur sahib, de te parler d'une chose intime. Ça arrête seulement les enfants, et ma femme n'en voulait plus, alors maintenant tout va très bien. Et puis, c'est dans l'intérêt national. Et bientôt, je vais avoir le transistor gratuit.

— Le transistor gratuit, ai-je répété.

— Oui, rappelle-toi, professeur sahib, a dit Ram sur le ton de la confidence, il y a quelques années, quand j'étais encore petit et que Laxman le tailleur a été opéré. Tout de suite après, la radio est arrivée et les gens venaient de toute la ville pour l'écouter. C'est la façon du gouvernement pour dire merci. Ce sera bien d'avoir un transistor.

— Va-t-en, que je ne te voie plus ! » lui ai-je crié désespéré, et je n'ai pas eu le courage de lui dire ce que tout le monde savait déjà : que l'histoire du transistor gratuit était du vent. Un attrape-nigaud depuis des années.

Après ces événements, la veuve du voleur, qui était maintenant l'épouse de Ram, ne vint pas souvent en ville, honteuse sans doute de ce qu'elle lui avait fait, mais Ramani travaillait bien plus qu'avant, et chaque fois qu'il voyait un de ceux à qui il avait parlé du transistor, il se mettait une main sur l'oreille et imitait la voix de la radio, non sans tonus ni talent.

« *Yé Akashvani hai* », annonçait-il dans les rues. « Ici Radio-Inde. Voici les informations. Un porte-parole du gouvernement a déclaré aujourd'hui que le transistor du conducteur de cyclo-pousse Ramani allait lui être livré incessamment. Et maintenant, une pause musicale. » Et il chantait une chanson d'Asha Bhonsle ou de Lata Mangeshkar d'une voix de fausset ridicule. Ram avait la qualité extrêmement rare de croire dur comme fer à ses rêves et, de temps en temps, sa foi dans sa radio imaginaire arrivait à nous convaincre et nous croyions à moitié qu'on allait la lui livrer, ou même qu'elle était déjà là, invisible, entre sa main et son oreille, tandis qu'il conduisait son cyclo-pousse dans les rues de la ville. On s'est mis à guetter son apparition au coin ou à l'autre bout de la rue, le tintement de sa sonnette et le cri « Radio-Inde, ici Radio-Inde ! ».

Le temps passa. Ram continuait à promener son transistor invisible dans toute la ville. Une année passa. Son imitation de Radio-Inde emplissait toujours les rues. Mais quand je l'ai revu, son visage avait quelque chose de nouveau, une tension, comme s'il devait faire un effort phénoménal, plus épuisant même que de conduire un cyclo-pousse contenant la veuve d'un voleur et ses cinq enfants et les fantômes de deux enfants morts, comme si son être entier devait s'efforcer de maintenir vivant le mythe de sa radio, comme si toute l'énergie de son jeune corps se déversait par cet espace fictif entre son oreille et sa main, et qu'il était en train d'essayer de faire exister la radio par la toute-puissance de sa volonté, au risque d'en mourir.

Je me suis senti tout à fait désarmé, je peux vous le dire, parce que j'avais deviné que Ramani avait mis dans cette lubie de la radio tous les soucis et les regrets provoqués par ce qu'il avait fait, et que, si son rêve devait s'achever, il comprendrait l'étendue du crime qu'il avait commis envers son corps, il saurait que la veuve du voleur l'avait transformé avant qu'il ne l'épouse en un voleur d'un genre encore plus redoutable, car elle l'avait poussé à se voler lui-même.

Et quand la caravane blanche est revenue à sa place, sous le banian, j'ai su qu'il n'y avait rien à faire, parce que Ram allait venir chercher son cadeau.

Il n'est pas venu le premier jour, ni le deuxième, et j'ai su plus tard qu'il n'avait pas voulu avoir l'air cupide, il ne voulait pas que le médecin pense qu'il attendait désespérément son poste de radio, et en outre, il espérait qu'ils viendraient le lui donner, peut-être avec une petite cérémonie. Un idiot est un idiot, inutile de discuter ce qu'il pense.

Il est venu le troisième jour. Il est arrivé près de la caravane en faisant tinter sa sonnette et en imitant le bulletin météorologique, la main près de l'oreille comme d'habitude. Et la veuve du voleur était assise dans le cyclo-pousse, la sorcière, elle n'avait pas pu s'empêcher de venir assister à la destruction de son compagnon.

Cela n'a pas pris bien longtemps.

Ram est entré gaiement dans la caravane, en faisant de grands gestes vers ses copains aux brassards qui la protégeaient contre la colère de la foule, et on m'a dit (car j'étais parti pour ne pas voir ça) qu'il avait les cheveux gominés et des vêtements amidonnés. La veuve du voleur n'est pas descendue du cyclo-pousse. Son sari noir remonté sur la tête, elle serrait ses enfants comme si elle s'accrochait à une bouée de sauvetage. Au bout de quelques instants, on a entendu une querelle dans la caravane et même des bruits plus forts, et finalement les jeunes aux brassards sont allés voir ce qui se passait, et, après, Ram est apparu, soutenu par ses compagnons de boisson.

Il avait les cheveux collés sur la figure et du sang lui

coulait de la bouche. Il n'avait plus la main sur l'oreille. Et même alors — à ce qu'on m'a dit — la veuve du voleur n'a pas bronché quand ils ont jeté son mari dans la poussière.

Oui, je sais, je suis vieux, mes idées se sont flétries avec l'âge, des idées de la vieille école, et aujourd'hui on me dit que la stérilisation et Dieu sait quoi, ce sont des choses nécessaires. J'ai peut-être tort d'accuser la veuve, c'est vrai, peut-être qu'on peut ne plus tenir compte des idées des vieux aujourd'hui. Si c'est comme ça, très bien. Mais je suis en train de raconter mon histoire et je n'ai pas encore fini. Quelques jours après l'incident de la caravane, j'ai vu Ramani vendre son cyclo-pousse au vieil escroc musulman qui tient l'atelier de réparation de vélos. Quand il a vu que je le regardais, Ram est venu me dire : « Au revoir, professeur sahib, je pars à Bombay où je vais devenir une plus grande vedette de cinéma que Shashi Kapoor ou Amitabh Bachchan.

— Tu pars pour Bombay ? lui ai-je demandé. Tu t'en vas seul ? »

Il s'est redressé. La veuve du voleur lui avait déjà appris à ne pas être humble en face de ses aînés.

« Ma femme et mes enfants viennent aussi », a-t-il dit. C'est la dernière fois que nous nous sommes parlé. Ils sont partis le jour même par le train du sud.

Quelques mois après, j'ai reçu sa première lettre, qu'il n'avait pas écrite lui-même, bien sûr, car en dépit de tous les efforts que j'avais faits quand il était jeune pour lui apprendre à écrire, il y arrivait à peine. Il avait payé un écrivain public professionnel, ce qui avait dû lui coûter pas mal de roupies, parce que dans la vie tout coûte de l'argent, et à Bombay ça en coûte deux fois plus. Ne me demandez pas pourquoi il m'a écrit *à moi*, mais il l'a fait, j'ai la lettre, je peux le prouver, peut-être que les vieux servent encore à quelque chose, ou j'étais peut-être le seul qui s'intéresserait à ce qu'il avait à dire.

Bref, ses lettres décrivaient en détail sa nouvelle carrière, elles me disaient comment on l'avait découvert, un grand studio lui avait fait tourner un essai, maintenant on allait faire de lui une vedette, il passait ses journées à l'hôtel Sable-et-Soleil sur la plage de Juhu, en compagnie de stars célèbres. Il allait s'acheter une grande maison à Pali Hill, une maison à plusieurs niveaux, munie de tous les derniers dispositifs de sécurité pour le protéger de ses fans ; la veuve du voleur allait bien et avait grossi, et la vie était pleine de lumière, de succès et d'alcool légal.

C'étaient des lettres merveilleuses, débordant d'assurance mais, chaque fois que je les lis, je me rappelle l'expression de Ram juste avant qu'il n'apprenne la vérité sur le transistor, et avec quelle énergie, par un acte de foi magnifique, il faisait surgir la réalité de la mince couche d'air chaud entre la paume de sa main et son oreille.

LE CHEVEU DU PROPHÈTE

Au début de l'année 19.., alors que Srinagar subissait les assauts d'un hiver si violent qu'il pouvait briser les os des humains comme du verre, on vit un jeune homme, dont la peau rosie par le froid était recouverte, comme s'il s'agissait de givre, par le vernis facilement reconnaissable de la richesse, entrer dans le quartier le plus misérable et le plus mal famé de la ville, où les maisons de bois et de tôle ondulée semblaient en permanence sur le point de s'effondrer, et demander d'une voix basse et grave où il pouvait engager un voleur professionnel de confiance. Ce jeune homme s'appelait Atta, et les truands du quartier se firent une joie de lui indiquer des ruelles encore plus sombres et encore moins fréquentées, jusqu'à ce que, dans une arrière-cour humide du sang d'un poulet qu'on venait de tuer, il soit agressé par deux hommes dont il ne vit même pas le visage, délesté de l'importante liasse de billets qu'il avait eu la folie d'emporter dans son excursion solitaire, roué de coups et laissé pour mort.

La nuit tomba. Des mains anonymes portèrent son corps au bord du lac, on le transporta en shikara vers l'autre rive où on l'abandonna, tout ensanglanté, sur la berge déserte du canal qui conduit aux jardins de Shalimar. Le lendemain matin, à l'aube, un marchand de fleurs qui traversait les eaux du lac, auxquelles le froid de la nuit avait donné la consistance trouble du miel sauvage, aperçut le corps allongé du jeune Atta qui commençait seulement à bouger et à gémir ; sur sa peau pâle comme celle d'un mort, on pouvait encore distinguer le vernis de la richesse sous une couche de givre bien réelle.

Le marchand de fleurs amarra son bateau et, penchant l'oreille vers la bouche de l'homme blessé, il put apprendre l'adresse du malheureux, marmonnée entre des lèvres qui pouvaient à peine bouger ; alors, dans l'espoir d'une forte récompense, le marchand ramena Atta chez lui, une grande maison sur les bords du lac, où une jeune fille extrêmement belle mais couverte de mystérieuses meurtrissures, et sa mère tout aussi belle mais à l'air égaré, et dont le visage disait clairement que l'inquiétude les avait l'une et l'autre empêchées de dormir, poussèrent des cris à la vue d'Atta — le frère aîné de la belle jeune fille — gisant inanimé dans le bateau de l'heureux marchand au milieu des fleurs funèbrement rabougries par l'hiver.

On lui versa une magnifique récompense, en grande partie pour s'assurer son silence, et il ne joue plus aucun rôle dans notre histoire. Quant à Atta, terriblement affaibli par le froid et une fracture du crâne, il sombra dans un coma devant lequel les meilleurs médecins de la ville haussèrent les épaules, impuissants. Chose encore plus étonnante, le soir même, le quartier le plus misérable et le plus mal famé de la ville reçut une seconde visite inattendue. Il s'agissait d'Huma, la sœur du malheureux jeune homme, et elle posa la même question que son frère et demanda de la même voix basse et grave : « Où puis-je engager un voleur ? »

Dans ces ruelles mal famées, tout le monde connaissait déjà l'histoire du riche imbécile venu engager un voleur, mais cette fois, la jeune fille ajouta : « Je précise que je n'ai ni argent ni bijoux, que mon père m'a reniée et qu'il ne paiera aucune rançon si je suis enlevée ; en outre, j'ai confié une lettre à mon oncle, le commissaire de police, et il l'ouvrira si je ne suis pas rentrée saine et sauve demain matin. Dans cette lettre, il trouvera tous les détails de ma venue ici et il remuera ciel et terre pour punir mes agresseurs. »

Son exceptionnelle beauté, visible malgré les traces de coups et les bleus qui marquaient ses bras et son front, associée à l'étrangeté de sa demande, avait attiré un grand nombre de badauds, et, parce que son petit discours leur semblait avoir prévu toutes les éventualités, personne n'essaya de lui faire du mal ; cependant on commenta bruyamment le fait qu'il était vraiment curieux que quelqu'un qui cherchait à engager un voleur invoque la protection d'un oncle haut placé dans la police.

On conduisit la jeune fille par des ruelles encore plus sombres et moins fréquentées, et elle aboutit à une impasse noire comme un four. Une vieille femme au regard si fixe qu'Huma comprit aussitôt qu'elle était aveugle lui fit signe d'entrer par une porte d'où l'obscurité semblait sortir comme de la fumée. La jeune fille serra les poings, ordonna furieusement à son cœur de battre à un rythme normal, et suivit la vieille femme dans la maison enveloppée de ténèbres.

Le plus faible filet de lumière qui puisse sourdre d'une chandelle perçait à peine la pénombre ; en suivant ce fil jaune et incertain car elle ne distinguait plus la vieille femme, Huma reçut un coup sec sur les tibias et poussa un cri involontaire, mais elle se mordit aussitôt les lèvres, irritée d'avoir manifesté sa terreur à l'idée de ce qui l'attendait dans le noir. En réalité, elle avait heurté une table basse où brûlait une unique bougie et derrière laquelle on apercevait une haute silhouette, assise sur le sol les jambes croisées. « Assise ! Assise ! » ordonna la voix calme et profonde d'un homme, et les jambes d'Huma, qui n'avaient pas besoin d'invitation plus circonstanciée, se plièrent sous elle devant cet ordre bref. Elle serra sa main droite dans sa main gauche et s'obligea à répondre d'une voix égale :

« Et vous, monsieur, vous êtes sans doute le voleur que j'ai demandé ? »

En déplaçant légèrement son poids, l'ombre immense l'informa que dans ce secteur toutes les activités criminelles étaient parfaitement organisées et contrôlées de façon centralisée, si bien que toute demande, pour quelque travail indépendant que ce soit, devait passer par cette pièce.

Il exigea des détails complets sur le vol à commettre, y compris l'inventaire précis des objets à dérober, ainsi qu'un état très clair des propositions financières, y compris les primes et, dans un but d'information, un résumé des motifs justifiant la demande.

En entendant cela, Huma, comme si elle se souvenait de quelque chose, se raidit corps et âme et répondit d'une voix forte que ses motivations ne concernaient qu'elle ; qu'elle ne discuterait des détails qu'avec le voleur en personne, mais qu'on pouvait dire que la récompense qu'elle offrait était « fastueuse ».

« Tout ce que je suis disposée à vous dire, monsieur, puisqu'il semble que nous soyons dans une sorte de bureau d'embauche, c'est qu'en échange d'une récompense aussi fastueuse, vous devez me fournir le criminel le plus épouvantable que vous ayez à votre disposition, un homme qui n'a peur de rien, pas même de Dieu.

« Un type de la pire engeance, je vous assure — rien de moins ! »

A ces mots, on alluma une lampe à pétrole et Huma aperçut devant elle un géant aux cheveux gris dont la joue gauche portait une sinistre balafre, le signe du mal dans l'alphabet sacré. La gorge d'Huma se serra d'angoisse et de nostalgie comme si le croquemitaine de son enfance se dressait devant elle pour la défier, comme lorsque sa nounou prévenait toute velléité de désobéissance en menaçant Huma et Atta d'un : « Attention ! Sinon je demande à Sin, le roi des voleurs, de venir vous chercher ! »

Devant la jeune fille, vieilli mais arborant la balafre indiscutable, se tenait le célèbre criminel en personne — et, devenait-elle folle, ses oreilles lui jouaient-elles des tours, ou venait-il de déclarer qu'étant donné la tâche à accomplir, il était l'homme de la situation ?

Luttant pour repousser les lutins nouveau-nés de sa nostalgie, elle avertit le terrifiant volontaire que seule une affaire d'extrême urgence et de grand péril avait pu la conduire sans escorte dans ces rues dangereuses.

« Parce qu'on ne peut se permettre de reculade de dernière minute, continua-t-elle, je suis décidée à tout vous dire, sans garder de secret. Si, après m'avoir entendue, vous êtes toujours disposé à agir, nous ferons tout ce qui est en notre pouvoir pour vous aider et assurer votre fortune. »

Le vieux voleur haussa les épaules, hocha la tête et cracha. Huma commença son récit.

Six jours plus tôt, tout dans la maison de son père, le riche prêteur Hashim, était comme d'habitude. Au petit déjeuner, sa mère avait amoureusement rempli de khichri l'assiette de l'usurier ; la conversation avait fourmillé de ces expressions de courtoisie et de sollicitude dont la famille était si fière. Hashim aimait faire remarquer que, s'il n'était pas un saint, il attachait beaucoup de prix à « vivre honorablement dans le monde ». Dans cette spacieuse résidence au bord du lac, on accueillait tous les étrangers avec le même cérémonial et le même respect, y compris les malheureux qui venaient négocier l'emprunt de petits fragments de l'immense fortune d'Hashim et à qui il demandait naturellement un taux d'intérêt de plus de 70 pour cent, en partie, comme il disait à son épouse pourvoyeuse de khichri, « pour enseigner à ces gens la valeur de l'argent : qu'ils l'apprennent seulement, et ils seront guéris de cette fièvre d'emprunter, d'emprunter toujours — et tu verras, si mes projets réussissent, je n'aurai plus rien à faire ! ».

Le prêteur et sa femme avaient successivement cherché à inculquer à leurs enfants, Atta et Huma, les vertus de l'épargne, de l'honnêteté en affaires, des bonnes manières, et une saine indépendance d'esprit. De cela aussi, Hashim aimait à se féliciter.

Le petit déjeuner se termina ; les membres de la famille se souhaitèrent une bonne journée. Cependant, en quelques heures, la satisfaction sans faille de cette famille, de cette vie à la délicatesse de porcelaine et à la sensibilité d'albâtre, allait se fracasser irréparablement.

Le prêteur demanda son shikara personnel et il s'apprêtait à y monter quand, son œil ayant été attiré par un reflet argenté, il vit un petit flacon qui flottait entre le bateau et son quai privé. Sans réfléchir, il le sortit de l'eau gluante : c'était un cylindre de verre teinté, serti dans de l'argent finement ciselé, et Hashim aperçut à l'intérieur un médaillon qui contenait un unique cheveu humain. Il serra le poing autour de son exceptionnelle trouvaille, marmonna à l'homme qui manœuvrait le bateau qu'il avait changé d'idée et se précipita dans son cabinet privé où, après avoir refermé les portes, il contempla sa découverte avec délices.

Sans aucun doute, Hashim le prêteur avait compris dès la première seconde qu'il était en possession de la célèbre relique, le cheveu vénéré du prophète Mahomet dont le vol le matin précédent dans le reliquaire de la mosquée d'Hazratbal avait suscité un tollé dans la vallée.

Les voleurs — certainement dépassés par le tohubohu, les processions sans fin d'où s'élevaient pleurs et lamentations, les émeutes, les implications politiques et les recherches à grande échelle de la police dirigées et menées par des hommes dont toute la carrière dépendait de la découverte de ce cheveu perdu — avaient évidemment cédé à la panique et jeté le flacon dans le sein gélatineux du lac. L'ayant découvert par un coup de chance, Hashim en tant que citoyen se devait de restituer ce cheveu à son reliquaire pour que le pays retrouve le calme et la paix. Son devoir était clair.

Mais le prêteur avait un autre projet en tête.

Tout ce qui l'entourait dans son bureau prouvait sa passion de collectionneur : de grandes boîtes remplies de papillons de Gulmarg épinglés, trois douzaines de canons miniatures fondus dans le métal légendaire du canon Zam-zama, une multitude d'épées, une lance Naga, quatre-vingt-quatorze chameaux en terre cuite comme ceux qu'on vend sur les quais de gare, de nombreux samovars et toute une gamme d'animaux miniatures en bois de santal sculptés à l'origine pour amuser les enfants dans leur bain. « Et de toute façon, se dit Hashim, le Prophète aurait fortement désapprouvé cette adoration de reliques : l'idée d'être déifié lui faisait horreur, aussi, en soustrayant ce cheveu à ses adorateurs hystériques, je lui rends un plus grand service — n'est-ce pas ? — qu'en le restituant ! Naturellement, je ne le garde pas pour sa valeur religieuse : j'ai les pieds sur terre, sur cette terre ; je le considère comme un objet profane extrêmement rare et d'une beauté éblouissante — en un mot, c'est le flacon que je désire plus que le cheveu. Il y a des milliardaires américains qui achètent des tableaux volés et qui les cachent — ils comprendraient ce que je ressens. Je dois absolument le garder ! »

Tout collectionneur doit partager ses trésors avec un autre être humain et Hashim fit venir son fils Atta qui, mis au courant, fut profondément troublé mais, ayant juré le secret, ne révéla la vérité que lorsque les problèmes devinrent trop terribles à supporter.

Le jeune homme se retira, laissant son père à la solitude encombrée de ses collections. Hashim était assis tout droit sur une chaise à haut dossier et contemplait intensément le merveilleux flacon.

Tout le monde savait que le prêteur ne mangeait pas à midi, aussi est-ce seulement le soir qu'un domestique entra dans le cabinet privé pour demander à son maître de passer à table. Il trouva Hashim comme Atta l'avait laissé. Semblable, et cependant différent : à présent, le prêteur semblait enflé, gonflé, ses yeux, plus globuleux que jamais, étaient bordés de rouge et les articulations de ses doigts étaient blanches.

On aurait cru qu'il allait éclater, comme si, sous l'influence de la relique détournée, il s'était rempli d'une sorte de fluide spectral qui pouvait à chaque instant suinter de façon incontrôlable par tous les orifices de son corps.

On dut l'aider à venir à table, et ce fut alors que l'explosion eut effectivement lieu.

Sans paraître tenir aucun compte de l'effet de ses paroles sur la vie familiale fragile et prudemment construite, Hashim laissa jaillir et écumer des torrents de vérités terribles. Dans un silence horrifié, les enfants entendirent leur père s'en prendre à sa femme et lui dire que depuis de nombreuses années leur mariage était une de ses plus grandes afflictions. « Assez de politesse ! hurla-t-il. Assez d'hypocrisie ! »

Et, toujours dans le même esprit, il révéla à sa famille l'existence d'une maîtresse, et l'informa des visites régulières qu'il rendait aux prostituées. Il annonça à son épouse que, loin d'être la principale bénéficiaire de son testament, elle ne recevrait pas plus du huitième de son bien, comme le prescrivait la loi islamique. Puis il s'en prit à ses enfants, il reprocha à Atta d'être un piètre étudiant — « un crétin ! J'ai eu le malheur d'engendrer un crétin ! » — et il accusa Huma d'être une fille de rien, parce qu'elle allait en ville le visage découvert, ce qui était une inconvenance pour toute bonne musulmane : il lui ordonna de porter immédiatement le voile.

Il quitta la table sans avoir mangé, et sombra dans le sommeil comme un homme qui s'est déchargé d'un grand poids, laissant ses enfants abasourdis, en pleurs, tandis que le dîner refroidissait sur la desserte, sous le regard impatient d'un domestique.

A cinq heures, le lendemain matin, le prêteur obligea sa famille à se lever, pour se laver et réciter les prières. A partir de cet instant, pour la première fois de sa vie, il pria cinq fois par jour, et sa femme et ses enfants durent l'imiter.

Avant le petit déjeuner, Huma vit les domestiques, sous la direction de son père, entasser un monceau de livres dans le jardin et y mettre le feu. Seul resta intact le Coran qu'Hashim enveloppa de soie et posa sur une table dans le salon. Il ordonna à chaque membre de la famille d'en lire quotidiennement des passages pendant au moins deux heures. Il leur interdit d'aller au cinéma. Et si Atta invitait des amis à la maison, Huma devait se retirer dans sa chambre.

La famille vivait à présent dans un état de terreur extrême ; mais le pire restait à venir.

Cet après-midi-là, un débiteur arriva en tremblant pour avouer qu'il se trouvait dans l'incapacité de payer le reste des intérêts dus, et il fit l'erreur de rappeler à Hashim, d'une façon quelque peu provocatrice, le texte du Coran contre l'usure. Le prêteur se mit en fureur et frappa l'emprunteur avec un des fouets de son imposante collection.

Par malheur, un peu plus tard dans la même journée, un second emprunteur défaillant vint lui demander un délai, et on le vit s'enfuir du bureau d'Hashim avec une grande entaille au bras parce que le père d'Huma l'avait accusé de voler l'argent des autres et avait essayé de couper la main droite du malheureux avec l'un des trente-huit koukris accrochés au mur de son cabinet particulier.

Ces violations des lois non écrites de la bienséance familiale inquiétèrent Atta et Huma, et quand, le même soir, leur mère essaya de calmer Hashim, il la frappa en plein visage. Atta prit immédiatement la défense de sa mère, et lui aussi roula à terre. « Dorénavant, hurla Hashim, je vais mettre un peu de discipline dans cette maison ! »

La femme du prêteur eut une crise nerfs qui dura toute la nuit et la journée suivante, et qui irrita tellement son mari qu'il la menaça de divorce, si bien qu'elle fila dans sa chambre, ferma la porte à clef et se lança dans un *raga** de reniflements. Alors Huma perdit son calme et défia ouvertement son père en annonçant (avec cette indépendance d'esprit qu'il avait encouragée chez elle) qu'elle ne porterait pas de voile : en dehors de toute autre considération, c'était mauvais pour la vue. En entendant cela, son père la renia sur-le-champ et lui donna une semaine pour faire ses valises.

Le quatrième jour, la peur qui emplissait l'air de la maison était devenue si épaisse qu'on avait du mal à s'y déplacer. Atta dit à sa sœur encore hébétée par le choc : « Tant pis si c'est crapuleux, mais je sais ce qui me reste à faire. »

Cet après-midi-là, Hashim quitta la maison, accompagné de deux hommes de main, pour récupérer les échéances non payées de ses deux débiteurs insolvables. Atta se rendit immédiatement dans le bureau de son père. Étant son fils et son héritier, il possédait une clef du coffre-fort du prêteur, ce qui lui permit de sortir le petit flacon de sa cachette. Puis il le mit dans la poche de son pantalon et referma le coffre.

Il confia alors à Huma le secret de ce que son père avait trouvé dans le lac Dal, et il s'écria : « Je deviens peut-être fou — peut-être que les horreurs auxquelles

---

* Thème musical sur lequel les musiciens hindous improvisent. *(N.d.T.)*

nous assistons m'ont fait perdre la tête — mais j'ai la conviction que la paix ne reviendra pas dans notre maison tant que ce cheveu n'en sera pas sorti. »

Sa sœur fut immédiatement d'accord pour qu'on rende le cheveu et Atta partit dans un shikara de location vers la mosquée d'Hazratbal. Mais quand le bateau l'eut débarqué dans la foule angoissée des fidèles qui tournaient autour du reliquaire profané, Atta se rendit compte que la relique ne se trouvait plus dans sa poche. Il n'y avait plus qu'un trou que sa mère, d'ordinaire si attentive aux affaires domestiques, n'avait pas vu à cause des récents événements...

Son premier mouvement de dépit fut bientôt remplacé par un profond soulagement.

Il se dit : « Et si j'avais déjà annoncé aux mollahs que je détenais le cheveu ! Ils ne m'auraient jamais cru... et cette foule m'aurait lynché ! De toute façon, je ne l'ai plus, et me voilà délivré d'un grand poids ! » Plus satisfait qu'il ne l'avait été depuis des jours, le jeune homme rentra chez lui.

Dans le salon, il trouva sa sœur en pleurs et couverte de bleus ; au premier, sa mère gémissait dans sa chambre comme une veuve récente. Il supplia Huma de lui raconter ce qui s'était passé et, quand elle lui répondit que leur père, revenant de son expédition punitive, avait une nouvelle fois eu l'œil attiré par l'éclat de l'argent entre le bateau et le quai, qu'il avait une nouvelle fois repêché la relique et qu'il était par conséquent dans une rage folle, après lui avoir arraché la vérité sous les coups — alors Atta s'enfouit le visage dans les mains et dit entre deux sanglots qu'à son avis ce cheveu les persécutait et qu'il n'était revenu que pour les achever.

Ce fut donc au tour d'Huma d'imaginer un moyen pour échapper à leur malheur.

Tandis que ses bras se marbraient de noir et de bleu et que de grandes taches s'étalaient sur son front, elle étreignit son frère et lui chuchota sa détermination de se débarrasser du cheveu *à n'importe quel prix* ; elle répéta cette dernière phrase plusieurs fois.

Puis elle déclara : « On a volé ce cheveu dans la mosquée ; on peut bien le voler dans cette maison. Mais il faut que ce soit un vol authentique, accompli par un vrai voleur et non par l'un de nous qui en sommes les victimes — par un voleur si épouvantable qu'il ne craigne ni d'être pris ni d'être maudit. »

Bien sûr, ajouta-t-elle, le vol allait être dix fois plus difficile à exécuter car leur père, sachant qu'on avait déjà tenté de lui dérober une fois la relique, était sans doute sur ses gardes.

« Pouvez-vous le faire ? »

Dans une pièce qu'éclairaient une bougie et une lampe à pétrole, Huma acheva son récit sur cette dernière question : « Quelle assurance pouvez-vous me donner que ce travail n'éveillera en vous aucune terreur ? »

En crachant, le criminel déclara qu'il n'avait pas l'habitude de fournir de références comme un cuisinier ou un jardinier, mais qu'on ne lui faisait pas peur aussi facilement, pas avec une malédiction bonne pour les enfants. La jeune fille dut se satisfaire de cette vantardise et elle décrivit les détails du cambriolage projeté. « Depuis que mon frère a échoué dans sa tentative de restituer le cheveu à la mosquée, mon père dort avec son précieux trésor sous son oreiller. Cependant, il dort seul et d'un sommeil très profond : il suffira d'entrer dans sa chambre sans l'éveiller et il se sera certainement assez tourné et retourné pour que le vol soit facile. Quand vous aurez le flacon, venez dans ma chambre », elle tendit à Cheikh Sin un plan de sa maison, « et je vous remettrai tous les bijoux que nous possédons ma mère et moi. Vous verrez... ça en vaut la peine... Vous pourrez en tirer une fortune... »

Il était évident qu'elle perdait son sang-froid et qu'elle était sur le point de s'effondrer physiquement.

« Cette nuit, s'écria-t-elle enfin, vous devez venir cette nuit ! »

Elle n'eut pas plutôt quitté la pièce que le corps du vieux voleur fut secoué par une quinte de toux : il cracha du sang dans une vieille boîte de conserve. Le grand Cheikh, le « roi des voleurs », était un homme malade, et chaque jour le rapprochait du moment où quelque jeune homme, prétendant à son pouvoir, lui planterait un poignard dans le ventre. Une vie entière adonnée au jeu l'avait laissé aussi pauvre que lorsque, des décennies plus tôt, il s'était lancé dans la carrière comme simple apprenti pickpocket : dans la tâche extraordinaire qu'il avait acceptée de la fille du prêteur, il voyait l'occasion d'accumuler suffisamment d'argent d'un seul coup pour quitter la vallée et s'assurer le luxe d'une mort respectable qui lui laisserait le ventre intact.

Quant au cheveu du Prophète, eh bien, ni lui si sa femme aveugle n'avaient jamais eu grand-chose à dire en faveur des prophètes — ils avaient cela en commun avec le clan foudroyé du prêteur.

Certes, ce n'est pas pour autant qu'il pourrait jamais révéler à ses quatre fils la nature du dernier crime qu'il s'apprêtait à commettre. A sa grande consternation, ils étaient devenus désespérément pieux et, de façon ridicule, ils parlaient même de faire un jour le pèlerinage de La Mecque. « Mais comment irez-vous ? » leur demandait-il en se moquant d'eux, car, en père affectionné, il avait veillé à les munir d'une source de revenus élevés pour toute la vie en les estropiant à leur naissance ; ainsi, en se traînant dans la ville, ils gagnaient beaucoup d'argent grâce à la mendicité.

Les enfants pouvaient donc subvenir à leurs besoins.

Sa femme et lui s'en iraient bientôt avec les coffrets à bijoux et l'argent de la femme et de la fille de l'usurier. Cette belle jeune fille couverte de bleus avait surgi dans ce coin de la ville exactement au bon moment.

Cette nuit-là, au bord du lac, la grande maison attendait aveuglément et le silence battait contre ses murs. Une nuit rêvée pour un cambrioleur : des nuages dans le ciel et de la brume sur l'eau de l'hiver. Hashim le prêteur dormait, seul membre de la famille à avoir trouvé le sommeil. Dans une autre pièce, son fils Atta était allongé dans les profonds replis de son coma avec un caillot de sang qui se formait dans son cerveau, veillé par une mère qui avait dénoué ses longs cheveux gris pour manifester son chagrin, une mère qui lui plaçait des compresses chaudes sur le front avec des gestes pétris d'impuissance. Dans une autre chambre, Huma attendait, tout habillée, au milieu des lourds coffrets à bijoux de son désespoir.

Enfin, un rossignol chanta doucement dans le jardin sous sa fenêtre, et elle descendit l'escalier sans faire de bruit pour ouvrir la porte à l'oiseau qui avait sur le visage une cicatrice symbolisant le mal.

Sans bruit, l'oiseau monta la volée de marches derrière elle. En haut de l'escalier, ils se séparèrent et se dirigèrent dans des directions opposées, suivant le couloir de leur conspiration sans échanger un regard.

En entrant dans la chambre du prêteur avec la tranquillité du professionnel, Sin, le voleur, découvrit que ce qu'avait prédit Huma se révélait exact. Hashim était étalé en travers de son lit, la tête loin de l'oreiller, laissant la proie facilement accessible. A pas de loup, Sin s'avança vers son but.

Ce fut à ce moment que, dans la chambre voisine, le jeune Atta, les cordes vocales mues par Dieu sait quelle pression du caillot de sang sur son cerveau, se redressa dans son lit, causant à sa mère la plus grande frayeur de sa vie, et, tout à trac, hurla d'une voix forte : « *Au voleur ! Au voleur ! Au voleur !* »

Il semble probable qu'en ces derniers instants, son pauvre esprit ait songé à son père, mais il est impossible d'en être certain, parce que, après avoir proféré ces mots énergiques, le jeune homme retomba sur son oreiller et expira. Aussitôt, sa mère poussa un cri, un gémissement, une lamentation, un hurlement à vous déchirer les tympans qui termina ce qu'avait commencé le cri d'Atta

— c'est-à-dire que les lamentations de la mère traversèrent les murs de la chambre de son mari et réveillèrent tout à fait Hashim.

Cheikh Sin se demandait s'il allait se glisser sous le lit ou fracasser purement et simplement le crâne du prêteur quand Hashim saisit la canne-épée gainée de peau de tigre toujours appuyée dans le coin, à son chevet, et sortit de la chambre en courant sans même remarquer le cambrioleur qui se tenait dans l'obscurité de l'autre côté du lit. Sin s'accroupit et prit le flacon contenant le cheveu du Prophète.

Pendant ce temps, Hashim était arrivé dans le couloir et avait dégainé son épée ; il secouait l'arme comme un dément avec la main droite et le fourreau avec la main gauche. Une ombre se précipita vers lui du fond du couloir plongé dans les ténèbres de minuit et, encore endormi malgré sa colère, le prêteur lui transperça le cœur d'un coup d'épée mortel. Il alluma pour découvrir qu'il avait assassiné sa fille et, accablé par cet horrible accident, il éprouva de tels remords qu'il retourna son arme contre lui, se jeta dessus et mit fin à ses jours. Sa femme, seule survivante de la famille, devint folle, et son frère, le commissaire de police, dut l'enfermer dans un asile d'aliénés.

Cheikh Sin avait vite compris que le plan avait échoué.

Renonçant au rêve des coffrets à bijoux alors qu'il était à deux doigts de l'atteindre, il enjamba la fenêtre d'Hashim et s'enfuit pendant que se déroulaient les horribles événements décrits ci-dessus. Il arriva chez lui avant l'aube, réveilla sa femme et lui avoua son échec ; il lui fallait, expliqua-t-il, disparaître pendant quelque temps. Les yeux aveugles de sa femme ne s'ouvrirent pas avant son départ.

Dans la maison d'Hashim, le bruit avait tiré du lit les domestiques et même réveillé le veilleur de nuit qui dormait comme d'habitude sur sa paillasse, près de la porte ; on appela la police et on informa le commissaire lui-même. Quand il apprit la mort d'Huma, le fonctionnaire affligé ouvrit et lut la lettre cachetée que sa nièce lui avait donnée, et conduisit immédiatement un détachement d'hommes en armes dans les ruelles sombres du quartier le plus misérable et le plus mal famé de la ville.

La langue d'un monte-en-l'air malveillant désigna le complice d'Huma ; le doigt d'un ambitieux détrousseur de banques indiqua la maison dans laquelle il se cachait : Sin réussit à se glisser par une trappe dans le grenier et tenta de s'enfuir par les toits, mais une balle tirée par le commissaire en personne l'atteignit au ventre et le fit dégringoler jusqu'au sol où il s'écrasa ignoblement aux pieds de l'oncle en fureur.

De la poche du mort roula un flacon gainé d'argent filigrané.

Radio-Inde annonça aussitôt que le cheveu du Prophète avait été retrouvé. Un mois plus tard, les saints hommes de la vallée se réunirent à la mosquée d'Hazratbal et authentifièrent formellement la relique. Depuis ce jour, elle est déposée dans une chambre forte étroitement gardée, sur le rivage du plus beau des lacs, au cœur de la vallée qui est l'endroit de la terre le plus proche du paradis.

Mais avant de conclure cette histoire comme il convient, il importe de signaler que lorsque les quatre fils du défunt Cheikh s'éveillèrent le matin de sa mort, après avoir passé sans le savoir quelques minutes sous le même toit que le cheveu sacré, ils découvrirent qu'un miracle avait eu lieu, qu'ils avaient bon pied bon œil, qu'ils étaient en aussi parfait état qu'ils auraient dû l'être si leur père n'avait eu le souci de leur écraser les jambes pendant les premières heures de leur vie. Tous quatre en furent absolument furieux, car le miracle avait réduit leurs possibilités de gains de 75 pour cent, au bas mot ; ils étaient donc ruinés.

Seule la veuve du Cheikh avait des raisons d'éprouver une certaine gratitude, parce que, malgré la mort de son mari, elle avait recouvré la vue, et elle put passer la fin de sa vie à contempler de nouveau les splendeurs de la vallée du Cachemire.

Ouest

YORICK

Remercions le ciel ! — ou l'ingéniosité des papetiers d'antan — pour l'existence sur notre terre de la matière connue sous le nom de vélin qui, comme la terre où j'ai supposé qu'il existe (encore que ses contacts avec la *terra firma* soient en fait fort rares, ses lieux de prédilection naturels étant les étagères, en bois ou non, certaines poussiéreuses, d'autres parfaitement bien tenues ; les boîtes aux lettres, tiroirs de bureau et vieilles malles ; les poches les plus secrètes des amants ; les boutiques, dossiers, caves et musées, boîtes à documents, coffres-forts, cabinets d'avocats ou de médecins ; la villa de bord de mer de votre tante préférée, les magasins des accessoires de théâtre, les contes de fées, les conférences au sommet, les pièges à touristes)... comme la terre, je le répète au cas où vous auriez oublié ce dont je parle, cette noble matière perdure, sinon éternellement, du moins jusqu'à ce que les hommes la détruisent de propos délibéré en la froissant ou la déchirant, à l'aide de ciseaux de cuisine ou de dents solides, voire par des moyens incendiaires ou hygiéniques — tant il est vrai que les hommes prennent égal plaisir à détruire la terre sur laquelle ils marchent de leur vivant et la substance (je parle du papier) sur laquelle ils peuvent rester couchés, une fois que ce même sol est au-dessus de leur tête au lieu d'être sous leurs pieds ; et que l'inventaire complet desdites stratégies de destruction remplirait plus de pages que n'en ai à ma disposition... Alors, au diable cette liste, et continuons notre histoire qui, comme je le disais tantôt, est l'histoire d'un morceau de vélin — à la fois l'histoire du vélin et celle qui dessus est écrite.

La saga de Yorick, évidemment ; celle-là même qui, il y a près de deux cent cinquante ans, tomba entre les mains d'un certain *Tristram* qui (bien que dés-Yseulté) n'était ni tant triste ni tant enamouré que son presque homonyme, mais au contraire joyeux drille répondant au nom de Shandy, pétillant comme Shampagne et échauffant comme Brandy ; et qui est parvenue entre mes mains par voies si impénétrables qu'il serait trop long de les dévoiler au lecteur impatient. Vraiment, une histoire vélimineuse ! Que j'ai l'intention pour l'heure non seulement d'examiner mais aussi de ruminer, d'illuminer, de laminer, d'estaminer et de potron-miner — car c'est récit fort gratifiant pour l'érudit capable d'appliquer techniques aussi pointues. Y rôdent, le visage couvert de poussière et les doigts tachés d'encre, de ravissantes jeunes épousées et de vieux fous ; des cocus et des jaloux ; des crimes et le jus maudit de la jusquiame ; des exécutions et des crânes ; ainsi qu'un exposé complet des raisons pour lesquelles, dans le *Hamlet* de William Shakespeare, le prince mélancolique semble ignorer le véritable nom de son père.

Soit. Alors : —

D'aucuns disent que dans la dernière partie du règne de l'illustre Horwendillus, roi de Danemark, son premier bouffon, un dénommé YORICK, prit pour épouse une délicieuse enfant trouvée aux cheveux d'or qui se nommait « Ophélie » ; et ce fut alors que commencèrent les ennuis... Comment ? On m'interrompt déjà ? Ne vous ai-je point dit, n'ai-je point écrit à l'instant que Hamlet le barde, alias Amlethus le Danois, se trompe complètement en croyant que le Spectre lui aussi se nomme Hamlet ? Une erreur qui n'est point seulement peu commune, mais aussi peu filiale ; et non seulement peu filiale, mais aussi fort peu *saxogrammaticale*, peut-on dire, car est contredite par une autorité éminente, celle de Saxo Grammaticus lui-même, dans son *Histoire des Danois* ! — Mais si vous gardez le silence jusqu'à la fin de mon histoire, vous verrez que loin d'être une erreur, c'est en fait la clé mystérieuse qui permettra de déchiffrer rapidement le sens véritable de notre récit.

Je répète : —

Horwendillus. Horwendillus Rex... — D'autres questions ? — Monsieur, bien sûr que le bouffon avait pris femme ; elle ne figure peut-être point dans la pièce du grand homme, mais vous reconnaîtrez qu'une femme est accessoire nécessaire lorsqu'un homme entend fonder une dynastie, sinon, comment faire ? Comment — pouvez-vous me le dire ? — ce vénérable fou aurait-il pu engendrer une Ligne, véritable Monologue de Yoricks, dont le *pasteur* mal nommé du Tristram susnommé ne constituait qu'une seule syllabe ? Bon, alors ! Point besoin de vélin ancien pour voir que ÇA, c'est la vérité, tout de même ! — Mon bon seigneur, le *nom* de cette femme ? Monsieur, il faut me croire sur parole. Mais où est le problème ? N'allez point croire qu'« Ophélie » fût un prénom à coucher dehors dans un pays où les hommes s'appelaient Amlethus, Horwend&c, oui, et aussi Yorick ? Allons, allons. Passons à la suite !

Yorick épousa Ophélie. Ils eurent un enfant. Cessons de nous chercher noise.

A propos d'Ophélie : elle était moins de deux fois moins âgée et plus de deux fois plus belle que son mari, aussi comprendra-t-on immédiatement que ce qui s'ensuit relève de la division et de la multiplication. Une tragédie arithmétique, somme toute. Une funèbre histoire de tombe pour fossoyeurs.

Comment se fait-il qu'un barbon vieux comme l'hiver ait réussi à épouser un tendron si printanier ? — Une brise fétide souffle sur les anciens parchemins que voici. L'haleine d'Ophélie. Le remugle le plus infect du royaume de Danemark ; une tiède puanteur de foies de rat, pisse de crapaud, gibier faisandé, dents pourries, gangrène, cadavres embrochés, chair de sorcière au bûcher, puanteur d'égouts, de conscience d'hommes politiques, de terriers de putois, de sépulcres et de toutes les cuves qui Belzébouillonnent en enfer ! Ainsi, chaque fois que cette jeune beauté — les yeux des hommes se remplissaient de larmes devant la fragile perfection de son visage — se risquait à ouvrir la bouche, tous faisaient le vide autour d'elle, un vide total dans un rayon d'au moins cinquante pieds. Aussi le chemin de Yorick vers le mariage était-il dégagé ; car un pauvre bouffon prend l'épouse qu'il peut.

Il lui fit la cour avec une pince à linge sur le nez. Le jour des noces, le roi, qui aimait Yorick, lui offrit un cadeau attentionné : une paire de bouche-nez d'argent. Voici le pourquoi du comment : d'abord pincé, ensuite bouché, notre Fou amoureux avait assurément la figure de l'emploi.

Voilà un point élucidé.

(Entre le jeune prince Amlethus, une cravache à la main.)

La scène est un galetas à Elseneur. Yorick et sa femme reposent sur leur couche, profondément endormis. Pêle-mêle sur une chaise voisine : un bonnet, des clochettes, une livrée de bouffon, &c. Quelque part, un nourrisson dort. Imaginez Hamlet s'approchant du lit à pas de loup ; il se ramasse sur lui-même, attend le moment propice, et bondit ! Et alors,

Yor. (il se réveille !) Oh ! Oh ! Quel Pélion, quel fils de pute est-ce là qui, dégringolant de l'Ossa, vient ainsi me briser la colonne ?

... Brisons là un instant, car je perçois une Note discordante : quel homme, arraché à la planète du sommeil par l'atterrissage sur son dos d'un petit prince de sept ans, conserverait une maîtrise de la métaphore et de l'allusion classique telle celle qui transparaît dans le texte ? Peut-être ne peut-on se fier totalement au parchemin en l'occurrence, ou alors les fous du Danemark étaient-ils d'une érudition peu commune. Certaines choses ne seront peut-être jamais élucidées...

(Revenons à nos Moutons.)

Ham. Yorick, le jour s'est éveillé ! Célébrons l'arrivée de l'aube par une chanson.

Oph. (à part) Mon mari n'a jamais aimé ce prince ; un petit morveux gâté, affligé d'insomnies, plaie dont il nous contamine. Voilà comment nous nous réveillons tous les matins : des mains royales nous tirent les cheveux à pleines poignées, un derrière d'héritier présomptif se trémousse sur notre cou. Si c'était mon fils... Je vous souhaite le bon jour, mon doux prince !

Ham. C'en est un en effet, Ophélie. Allez, Yorick, une chanson pour saluer l'aube !

Yor. Laissons cela aux oiseaux. Mon plumage est trop altéré par l'âge, voyez-vous. Les ans ont depuis longtemps désaccordé mon ramage, ne suis plus le phénix que je fus autrefois.

Ham. Chut ! Je n'en entendrai pas davantage ! Ton prince veut une chanson.

Yor. Écoute-moi donc. L'âge, Hamlet, est un soleil couchant, et, dans mes années occidentales, je ne saurais célébrer l'orient du jour.

Ham. Assez. Lève-toi et chante. Je te monterai sur le dos pour t'entendre roucouler.

Oph. (à part) A sept ans, il est le Vieil Homme de la Mer. Comment l'imaginer à vingt-sept ?

Yor. (il chante) *Dans ma jeunesse, quand j'aimais, quand j'aimais, Il me semblait qu'il était doux, oh ! bien doux, d'abréger le temps. Ah ! pour mon usage, il me semblait, oh ! que rien n'était trop bon. Mais l'âge, à pas furtifs, M'a empoigné dans sa griffe...*

Ham. Tais-toi donc, Yorick, et arrête ces miaulements affreux !

Yor. Ne vous avais-je pas prévenu ?

Ham. Suffit. Fais-moi rire. Conte-moi une plaisante histoire de chats, de gros matous miaulants, toi qui sais si bien les imiter.

Yor. (à part) Cette corvée m'échoit pour avoir obéi. (A voix haute.) Il y a encore de la vigueur dans cette vieille rosse que tu montes. Dis-moi, Hamlet, pourquoi les chats ont-ils neuf vies ?

Ham. Je l'ignore, mais je sais pourquoi les martinets ont neuf queues, et tu ne tarderas pas à l'apprendre si ton énigme traîne en longueur.

Oph. (à part) Ce doux prince est aussi acéré que sa langue, et le pauvre Yorick s'émousse chaque jour.

Yor. Écoute la réponse. Les chats aiment à contempler les rois ; qui regarde un monarque remet sa vie entre ses mains ; or les vies que tiennent ces royales mains glissent souvent entre les doigts pour se perdre. Combien as-tu d'espaces entre les doigts, Hamlet ? Entre doigt et doigt, doigt et doigt, doigt et doigt, doigt et pouce ? Sur les deux mains, cela fait huit trous par lesquels peut glisser une vie. Avec neuf vies, on est au moins sûr qu'il en restera une. Ainsi fait notre chat, qui se méfie des rois : il en a neuf.

Oph. Fort ingénieux, mon cher mari.

Ham. Eh bien, dansons maintenant ! Bouffon, fais ton office, et dansons une gigue.

Yor. Comptes-tu rester accroché à mon dos ?

Ham. Oui, pour songer à ce qui manque à mon bonheur.

Yor. (à part pendant qu'il danse) Hamlet, tu ne manques de rien : mais Yorick, lui, trouve qu'il te manque un grain.

Et tout ce dialogue est dit avec des bouche-nez filigranés pour boucher narines princières comme narines bouffonnes. — Dans son berceau, l'enfant pleure autant à cause que son organe nasal est obstrué que du sifflement du fouet de Hamlet, qui fend l'air en sifflant pour mieux faire tourner sa monture à deux pattes. — Que doit-on penser d'un prince aussi enragé ? Assurément, il détestait Ophélie ; mais pourquoi ? A cause de ses bouffées pestilentielles ? De son empire sur le Bouffon, qui vénérait jusqu'au dernier de ses cils ? A moins que ce ne fût à cause des beautés en bouton qui gonflaient sa chemise, de son corps dont il n'a point jouissance ? Quelque chose chez cette fille trouble notre petit prince de sept ans, à quoi il ne peut donner de nom. — Or donc ses ardeurs juvéniles se changent-elles en haine.

Peut-être à cause des trois à la fois : sa puanteur ; le cœur de Yorick qu'elle lui déroba : tous les fous savent que le cœur d'un Fou n'appartient qu'à son prince, et ne faut-il pas être fou pour abandonner son cœur à un prince ? Et aussi, ah ! oui, sa beauté. Pourquoi choisir ? Ayons la compréhension gloutonne et avalons tout rond cette trinité.

Nous ne jugerons point trop sévèrement Hamlet. C'était un enfant solitaire, qui voyait en Yorick un père en même temps qu'un serviteur, c'est-à-dire le meilleur père qui fût, car chaque fils rêve de faire de son père son esclave. Quand Yorick chante, danse et le fait rire, le prince pâle voit en lui un Horwendillus apprivoisé. Un vrai fils à sa maman, cet Amlethus.

Les compléments du vélin — je devrais dire l'encre qui le marque ou plus précisément la main qui tint la plume, mais cette main est morte depuis longtemps et il ne convient point de médire des défunts — O, ********** ! permettez-moi de trouver que *le texte* commence à divaguer en dressant la liste de tous les horribles sévices exercés par le prince sur la personne du bouffon : chaque empreinte de botte royale sur son derrière, ainsi qu'un compte rendu détaillé des causes, effets, lieux, vêtements et circonstances contingentes (pluie, soleil, temps orageux, grêle et autres manifestations naturelles ; ou l'absence de la mère de Hamlet due à l'empire tyrannique, même sur une reine, des fonctions naturelles), la description des culbutes du fou, de la touffe d'herbe avec laquelle son nez entra en collision, des fouilles consécutives pour retrouver ses bouche-nez délogés ; bref, un manque de concision tout à fait regrettable, auquel nous allons remédier ici incontinent. Je gage que l'argument ne souffre point réplique. Essayer de le rendre plus frappant reviendrait à rivaliser avec le prince, qui utilisait sur l'échine de Yorick des arguments tels que le bâton, le fouet, et Dieu sait quoi encore — et nous serions bien téméraires (n'étant prince nous-même) de traiter notre lecteur comme vil bouffon. (Et n'étant prince, qu'ai-je à me servir de ce « nous » qui vient de s'insinuer là, ce pluriel de majesté dont mes phrases ont osé s'agrémenter ? Foin de ce « nous » ! Revenons au « je » commun — ou fort peu commun, parce que cyclopéen — et singulier.)

Une seule histoire suffira : —

Pendant qu'il chevauchait Yorick, Hamlet avec son fouet fit s'ouvrir les rideaux charnus de la joue du fou, révélant ainsi la scène osseuse qu'ils dissimulaient. Il semblerait que le prince ait eu âme sensible : bien qu'il fût en selle, son cœur se souleva à ce sanglant spectacle. Lecteur, à ce premier aperçu d'un fragment de crâne, le prince de Danemark vomit tripes et boyaux sur le bonnet tintinnabulant de Yorick.

Jusqu'ici, je m'efforçai de raconter une histoire délicate et intime, ponctuée de nombreuses touches de fine psychologie et moult détails matériels ; mais je ne peux empêcher plus longtemps le Monde de pénétrer dans mes pages, car ce qui s'est terminé en Tragédie avait commencé en Politique. (Ce qui ne doit point nous surprendre.)

Imaginez un banquet dans la fabuleuse Elseneur : têtes de sanglier, yeux de mouton, sot-l'y-laisse, blancs d'oie, foies de veau, gras-double, laitances de poisson, cuissots de venaison, pieds de cochon (telle est l'anatomie de la table ; si avec tous les plats qui la composent on voulait façonner un seul animal comestible, le monstre ainsi engendré serait bien plus étrange que tous les hippogriffes ou les ichtyiocentaures du monde !).

— Ce soir, Horwendillus et sa *Gertrude* régalent FORTINBRAS, espérant calmer son appétit territorial en satisfaisant le goût également immodéré de sa panse pour l'expansion, qui n'exigeait rien de plus que l'immolation du monstre mythique susmentionné, stratégie plus plaisante & certainement plus savoureuse que la **GUERRE**.

Et n'est-il point concevable que *F.*, avisant sur la table bien garnie les membres découpés de cette créature multiple, effrayante et des plus occultes, et construisant mentalement une image de cette bête hybride, avec des andouillers sur sa tête de dinde géante, des sabots curieusement implantés sous son ventre squameux et ses jarrets velus, que *F.*, donc, ait perdu tout appétit pour le combat — redoutant d'affronter sur les champs de bataille danois la race puissante de chasseurs capables de tuer Chose aussi féroce — et qu'il ait par conséquent cessé de convoiter le Danemark lui-même ?

Peu importe. Je me suis attardé sur le banquet uniquement afin d'expliquer pourquoi cette reine Gertrude, obsédée par la diplomatie et assiégée par différentes sortes de viandes, ne put monter border son fils et lui souhaiter la bonne nuit.

Il faut que je vous montre Hamlet dans son lit, incapable de trouver le sommeil, mais comment peindre une absence ? — de sommeil, j'entends, ou de baiser maternel sur la joue, car une joue non baisée ressemble en tous points à celle qui n'espérait point le contact des lèvres, et un garçon allongé à l'horizontale sur sa couche, sujet aux tergiversations et autres agitations caractéristiques de l'*insomnie*, peut nonobstant être pris pour un enfant tourmenté par une puce ; ou par la fièvre quarte ; ou par le dépit de se voir interdire la table des adultes ; ou par le désir de s'exercer à la nage dans cette mer textile ; ou D— sait quoi, car moi, je l'ignore. Mais l'absence, on le sait, attise l'affection ; et voilà Amlethus qui se lève et se dirige vers le bout du couloir comme suit (en admettant que chaque point représente la conjonction d'une pointe d'orteil avec le sol) :

...../...../...../...../...../, &c.&c.

— jusqu'à ce que (pour aller aussi vite que lui) il arrive à la chambre de Gertrude, y entre en trombe, bien décidé à l'y attendre, pour que ce qui manque à sa joue y soit déposé : un baiser maternel porteur de sommeil paisible.

(Projet fatal, porteur de sommeil éternel.)

Et maintenant, laissez-moi vous montrer en pantomime ce qui s'ensuivit (car les quelques pages qui m'étaient allouées seront peut-être épuisées avant la fin de mon récit, aussi, pour contrebalancer ma logorrhée première, peut-être mes personnages seront-ils obligés, afin d'accélérer le mouvement, d'avoir recours à quelques scènes mimées, à des tableaux vivants et autres stratagèmes fort peu compatibles avec le contenu tragique de la pièce. Mais qu'y faire ; mon intarissable folie a condamné ces vénérables personnages à n'être que bouffons. Ainsi la précipitation, renforcée par notre fin inévitable, fait-elle de nous tous des **Yoricks**) : —

Hamlet (défait) : J'entends des voix derrière la porte ! Non seulement la voix de ma mère, mais celle d'une brute avinée ! — Vite, cachons-nous ! — Mais où ? — La tapisserie ! Pas un instant à perdre ! — Il se cache. (Ainsi pourra-t-on dire de lui que plus tard dans sa vie il se donnera la mort, car la mémoire de son moi d'enfant, toute chenue et polonienne d'aspect, continuera de hanter ce lieu.)

Ciel, qu'entend-il ! L'homme qui ahane et qui crie ! Sa mère qui gémit et qui hurle — ah ! pitoyables cris maternels ! — Qui menace la reine ? — Courageusement, le prince écarte la tapisserie et voit...

... SON PÈRE en train d'attaquer sauvagement sa mère. Sous un Horwendillus grognant comme goret, la reine sanglote et se débat — puis elle se calme et aux oreilles d'Hamlet son souffle devient râle, comme si on l'étranglait.

Le prince entend la mort dans la voix de sa mère, et, avec la perspicacité d'un enfant de sept ans, comprend que son père a des intentions criminelles.

Le voilà qui bondit !

« Arrête ! Mais arrête donc ! »

Son père a un sursaut ! Sa mère porte aussitôt la main

à sa gorge, confirmant ainsi la peur qu'avait Hamlet de la voir étranglée. La situation est très claire. « Je lui ai sauvé la vie », se dit fièrement Amlethus. — Mais, dans son ivresse, Horwendillus attrape son fils et lui flanque une volée, à la main, au fouet, et à la main encore. — Une curieuse volée, car elle fait pénétrer quelque chose dans la peau du prince — alors que la nature même du châtiment est d'extirper le mal.

Que font pénétrer les coups ? Eh bien, la haine ; et de sombres rêves de vengeance.

Hamlet, seul : Mais je préfère laisser les monologues à des plumes plus habiles. Mon parchemin n'a rien à dire sur ce que ressentit Hamlet enfermé dans sa chambre, le dos en sang. Déduisez ses pensées à partir de ses actes.

Vous pouvez l'imaginer hanté par de certaines images. Un spectre horwendillien tremble sous ses yeux et semble arracher à la reine son dernier souffle. L'œil d'Amlethus, que la peur rend visionnaire, observe l'effroyable spectre en train d'assassiner mille et une fois la reine Gertrude, tantôt en la noyant dans son bain (des bulles de savon viennent mourir sur les lèvres de la malheureuse), tantôt en l'étranglant devant son miroir, la forçant à contempler son propre trépas.

Lecteur, vois les rêves de Hamlet : regarde avec ses yeux la chimère d'Horwendillus, les doigts sur la gorge de la reine, dans les jardins, les cuisines, les salles de bal et les serres ; sur les sièges, les lits, les tables et les planchers ; en public et en privé, le jour et la nuit, avant et après le déjeuner, quand elle chante ou se tait, vêtue ou dévêtue, à cheval ou en voiture, sur son trône ou son pot... et tu comprendras pourquoi le prince considère son récent « sauvetage » non pas comme une Fin du souci qu'il se fait pour sa mère adorée, mais comme un Commencement ; et ce pourquoi il se creuse la cervelle pour trouver comment mettre un point final à son effroi. — Ainsi naît Intrigue, fruit d'Urgence, elle-même conçue par Haine, l'organe générateur étant le fouet qui cingla son royal derrière, administrant à ces joues d'en bas une yorickée digne de celles qu'il avait souvent infligées au Fou.

Et l'intrigue se referme sur Yorick ; l'amer Hamlet utilisera le bouffon comme outil de sa vengeance.

Or donc, vous voyez se mêler deux haines : dans le cerveau échauffé de Hamlet, la fureur conjugue (autant pourrait-on dire *marie*) Ophélie et le roi. Il voit comment son dur courroux, faisant d'une pierre deux coups, va abattre ces deux-là (car c'est un courroux méduséen, capable de transformer la chair yorique en granit meurtrier).

Enfin, vous entendez l'enfant-prince tourner en rond dans sa chambre et chantonner un maussade et énigmatique refrain :

Ni liquide ni solide, ni gaz subtil,
Sans saveur sans odeur, ni substance volatile.
On peut m'utiliser pour le bien, pour le mal.
Versé dans une oreille, je peux être fatal.

— Ainsi, Lecteur, toutes mes félicitations. Ton imagination, dont sortirent toutes ces sinistres hypothèses (car j'ai commencé ce passage en me jurant de garder le silence), s'avère grâce à elles plus fertile et convaincante que la mienne.

Tes suppositions sont si fondées et si exactes que tu as abrégé ma tâche. Il ne reste qu'à faire apparaître Hamlet et Yorick, l'un sur le dos de l'autre, comme à leur habitude, sur une Plate-forme au pied du château d'Elseneur ; — là, le jeune prince verse un poison magique dans l'oreille de Yorick et notre Fou sombre dans de folles Hallucinations.

Tu as tout compris. — Le spectre du père vivant de Hamlet apparaît et vient hanter le pauvre Yorick ; et le venin fait naître un second fantasme qui a la vie dure — celui d'Ophélie, la femme de Yorick, les vêtements en désordre et le corps étroitement enlacé à celui du roi, ectoplasme splendide et transparent !

— *Qu'était donc ce poison princier ?*

Trouve toi-même la réponse à tes propres énigmes,

Lecteur, et tu sauras... Tant pis, je te donne la réponse. C'était la PAROLE.

O poison fatal entre tous ! Insubstantiel, quoique issu du serpent, il ne connaît point d'antidote. — Pour parler sans détours, Hamlet persuade le bouffon de son père qu'Horwendillus et Ophélie, Dame Yorick et le roi... non, ne puis prononcer le mot terrible qui décrit l'acte puisqu'en vérité, l'acte ne fut point consommé ! — Peut-être aussi (à cet endroit, sont-ce des larmes anciennes ou quelque autre liquide salé qui tachent le parchemin ?) le cruel enfant apporta-t-il des « preuves » : — un bouche-nez en or enveloppé dans un faux billet doux ? A moins que ce ne fût un mouchoir ? Qu'importe. Le mal est fait et Yorick multiplie les folies : toujours Fou de métier, il est devenu triple sot en étant la *dupe* du prince et (à ses propres yeux, pour avoir l'air d'un sot aux yeux des amants) également Ane, Ane à l'apparence d'autant plus folle qu'il a des cornes de cocu entre les oreilles.

Le plus grand paradoxe — et c'est là le point noir de cette histoire — c'est qu'en devenant un Fou naturel, Yorick sacrifie les privilèges du Fou professionnel. Un bouffon était une espèce singulière de fou, puisque sa livrée lui permettait de prononcer des paroles de sagesse qui faisaient rire tout le monde ; et de dire la vérité sans perdre la tête, toute tintinnabulante de folles clochettes. Oui, les Fous étaient des sages qui savaient remettre les pendules à l'heure, car ils savaient que leur temps était compté. — Mais le mécanisme de notre Yorick se dérègle, cesse de tourner rond et, battu par le prince, le Fou bat la campagne : il délire, hurle et joue les maris jaloux avec un sérieux fatal.

C'était précisément ce que voulait Hamlet : acculer le Fou à commettre une folie fatale. J'ai dit tantôt qu'il considérait le bouffon comme un second père clownesque : ce père subrogé, enragé par des mots empoisonnés, se déchaîne contre le géniteur royal.

Quant au reste : —

Horwendillus dort seul dans son Gethsémani. Entre Yorick, portant dans une fiole le jus maudit de la jusquiame. — Le poison que Hamlet lui versa dans l'oreille est devenu, semble-t-il, un précipité ; — et le poison coule de la fiole dans l'oreille du roi. — Voilà Horwendillus mort ; cependant qu'Ophélie, accusée et reniée par Yorick, perd la raison et erre dans le palais, folle et fleurie comme un grand lys, et meurt de chagrin ; — ladite folie met la puce à l'oreille de Claudius, qui découvre alors le crime, et pour Yorick c'est le billot. Rideau.

— Mais il reste un mystère, ourdi par une main inconnue ! Car *quelqu'un*, dont je dois taire le nom, va récupérer la tête coupée et, après force pots-de-vin et conciliabules, parvient en secret à la faire enterrer dans le lieu où, des années plus tard, le prince se trouvera face à face avec ce coupable sourire d'os. — Ainsi, grâce à un plaisantin anonyme, amateur de l'humour entêtant du bouffon, sa caboche raccourcie devient objet « capital » (quoique inattendu) de divertissement.

La-la-la, la-la-la, la-la-laire... Lecteur, le temps passe, las ! le temps, non, mais nous nous passons et chacun d'entre nous passe le temps comme il l'entend : à tambouriner des doigts, à dormir, à conter fleurette, ou à engloutir des chapelets de saucisses, ou de quelque autre manière qui lui agrée ; j'ai pour habitude de chantonner, donc la-la-la, la-la-laire. (Si l'air n'a l'heur de vous plaire, passez votre chemin et votre temps ailleurs ; la liberté est une épagneule qui dépérit et se languit si elle ne fait point d'exercice, aussi, monsieur, songez à donner de l'exercice à votre chien, voilà le secret.)

— Mais, revenant après tant d'années aux lieux de l'action, que reste-t-il à voir ? Pas Yorick ; il est mort. Mais, le SPECTRE DE YORICK. Car il semble malmener les vivants, si bien que nous pouvons l'appeler l'esprit frappeur... Ah ! lecteur, tout est allé de mal en pis à Elseneur !

Gertrude, sauvagement « sauvée » par son fils des mains d'un premier époux au demeurant fort civilisé, porta le deuil moult années pendant que Claudius régnait. (J'admets que mon histoire diffère de celle de Maître CHAKESPIRE, et qu'elle sabote au moins un célèbre monologue. Je n'ai à dire pour ma défense que ceci : cette affaire remonte à la nuit des temps et il ne faut jurer de rien ; aussi laissons coexister différentes versions, car nul ne nous oblige à choisir. — Ou encore : lorsque la reine Gertrude finit par épouser Claudius, les années intermédiaires formèrent dans l'esprit confus et troublé de Hamlet une compression plissé-accordéon des plus floues ; si bien que l'enfance, l'adolescence et les premières années de l'âge d'homme ne lui semblèrent guère durer plus de deux mois [que dis-je, pas tant, pas deux]... ce qui tombe sous le sens : ne se sont-elles pas envolées dans le court laps de temps où j'ai fredonné mes la-la-laire ? Ne se sont-elles pas écoulées dans les quelques instants où vous avez promené *Liberté*, votre petite épagneule ? — Vous voyez bien que vous avez là deux cas indiscutables au lieu d'un ; ça vous suffit, je l'espère.)

Donc, comme je le disais tantôt : Gertrude se marie ! Et voilà que la jalousie du défunt Yorick, délogée du corps du bouffon et cherchant un autre abri, élit domicile dans celui de Hamlet. Il est clair — c'est ce que prémédite Hamlet — que le roi Claudius doit être accusé du meurtre de son frère, et l'exécution de Yorick doit apparaître pour ce qu'elle fut : le camouflage, la *tapisserie* derrière laquelle était cachée la vérité. — Aussi le spectre du Meurtre est-il invoqué une seconde fois et Hamlet, toujours brûlant de passion pour sa mère, le voit arpenter les remparts d'Elseneur.

Mais ce fantôme-là porte son propre nom ; et le prince, d'accusateur, devient accusé. Hanté par le Spectre de son crime, il commence à perdre la raison. Il maltraite sa propre Ophélie, comme bien le savez ; son esprit défaillant la confond avec l'insupportable souvenir de l'épouse faussement calomniée et atrocement malodorante du Fou. Jusqu'à ce qu'enfin le prince, qui avait jadis transformé la parole en poison, boive à la coupe empoisonnée... Suivent des marches funèbres et des marches pour les vivants : — le vieux Fortinbras, que depuis trop longtemps on n'avait point invité à dîner, avale le Danemark pour faire bonne mesure. L'enfant de Yorick survit et quitte la scène de la tragédie familiale ; il court le monde et sème aux quatre vents dans des terres lointaines, de l'ouest à l'est d'abord, et puis en sens inverse. Il s'ensuit des générations aux multiples couleurs, qui aboutissent (je le gardais pour la fin) à l'humble AUTEUR de cette histoire ; dont on pourra vérifier l'ascendance grâce à un détail commun à toute sa malheureuse lignée, sa propension à raconter le genre très spécial de récit auquel les spécialistes donnent le nom de narration *à la Chantecler* ou encore *à la Apulée*.

— C'est ainsi que, sur cette dernière confession, se conclut et s'achève enfin cette histoire qui saute du *COQ A L'ANE*.

LA VENTE AUX ENCHÈRES DES CHAUSSONS RUBIS

Les acheteurs réunis pour la vente aux enchères des chaussons magiques ressemblent fort peu à ceux qui se présentent d'ordinaire dans nos salles des ventes. Les Commissaires-Priseurs ont fait beaucoup de publicité pour l'événement et sont prêts à accueillir tout le monde. Les gens se risquent rarement à sortir de nos jours ; quoi qu'il en soit, et avec raison, les Commissaires-Priseurs pensent que ce lot nous poussera à sortir de nos abris. On s'attend à des élans d'enthousiasme. En conséquence, outre les aménagements habituels pour le confort et la sécurité des plus hautes personnalités, on a disposé dans les vestibules et dans les toilettes de très grands crachoirs de bronze pour les malades du corps ; de plus, on a installé des équipes de psychiatres de différentes disciplines dans des confessionnaux néo-gothiques placés à des points stratégiques, pour conseiller les malades du cœur.

Aujourd'hui, nous sommes presque tous malades.

Il n'y a pas de prêtres. Ne figurant pas sur les listes des Commissaires-Priseurs, ils attendent dans les immeubles du voisinage qui leur sont familiers et où ils espèrent traiter toute retombée psychique, tout surplus de démence.

Des équipes d'obstétriciens et des unités de policiers

casqués de la B.A.S.T.O.N. sont discrètement postées dans des ruelles latérales au cas où la surexcitation entraînerait des naissances ou des morts inattendues. On a dressé les listes des plus proches parents avec leur numéro de téléphone. On a prévu un stock de camisoles de force.

Regardez : derrière des vitres à l'épreuve des balles, les chaussons rubis étincellent. Nous ne connaissons pas les limites de leur pouvoir. Nous supposons que ces limites peuvent ne pas exister.

Des stars de cinéma sont présentes parmi les acheteurs éventuels, et elles apportent dans la salle des ventes leur aura de brillants et de paillettes. Ces auras sont mises au point en collaboration avec les maîtres de la Science Psychique Appliquée qui emploient le platine, l'or, l'argent, le bronze. Certains acteurs de composition, spécialisés dans les rôles de méchants, sont environnés d'auras du mal — vert livide, jaune moutarde, rouge d'encre. Quand l'un de nous se heurte à l'aura inestimable (et fragile) d'une star, il ou elle est instantanément plaqué au sol par une équipe de la sécurité et traîné dans un des paniers à salade qui attendent à l'extérieur. Ce genre d'incident réduit légèrement la cohue de la grande Salle des Ventes.

Comme il fallait le prévoir, les fans de souvenirs sont venus en grand nombre et l'une des filles plonge, tête baissée, pour poser ses lèvres éperdues sur la vitrine des chaussons, ce qui déclenche le système d'alarme dernier cri parce que les programmateurs ont omis de lui apprendre à reconnaître un tel geste d'adoration relativement inoffensif. Cent mille volts traversent les lèvres gonflées au collagène de l'embrasseuse de verre, mettant ainsi fin à son intérêt pour l'affaire.

C'est un moment désagréable et nauséabond, mais il ne réussit pas à détourner un second *aficionado* du même acte de dévotion suicidaire. Quand nous apprenons que ce crétin était l'amant de la première victime, nous nous interrogeons sur les mystères de l'amour, tout en sortant de nouveau nos mouchoirs parfumés.

Le culte des chaussons rubis est à son comble. Un bal costumé bat son plein. Magiciens, Lions, Épouvantails se pressent. Ils jouent des coudes avec hargne pour avoir une place et se marchent sur les pieds. Les Hommes de Fer-Blanc se font rares à cause de l'inconfort propre au costume. Les Magiciens attendent leur heure sur les *balcons* et les *galeries* de la grande Salle des Ventes, gargouilles vivantes avec, dans bien des cas, de grandes possibilités de découvert bancaire. Un coin est entièrement occupé par des Toto* dont plusieurs copulent avec enthousiasme, obligeant un portier aux gants de caoutchouc à les séparer afin d'empêcher un attentat à la pudeur. Ce dont il s'acquitte avec beaucoup de tact et de délicatesse.

Un rien suffit à nous offenser mortellement, nous, le public. Nous en sommes venus à considérer l'offense comme un droit fondamental. Nous plaçons très peu de choses au-dessus de notre indignation, ce qui nous confère, pensons-nous, un haut niveau de moralité. De ces hauteurs, nous pouvons abattre nos ennemis et leur infliger de lourdes pertes. Nous tirons une grande fierté de nos crises de rage. Notre colère nous élève, nous transcende.

Autour — disons — du reliquaire des chaussons aux paillettes rubis, des mares de salive se sont formées. Il y en a parmi nous qui bavent sans retenue. Le concierge, un Latino-Américain en salopette, marche dans la foule, un seau dans une main et un balai-éponge dans l'autre. Nous éprouvons admiration et gratitude pour sa discrétion. Il essuie sur le sol l'eau qui nous coule de la bouche sans nous faire perdre la face.

* Toto est le chien de Dorothy Gale, l'héroïne du *Magicien d'Oz*. *(N.d.T.)*

Les chances de rencontrer un phénomène vraiment miraculeux sont limitées dans notre monde nietzschéen et relativiste. Aussi des philosophes behaviouristes et des spécialistes des quantas se pressent-ils autour des chaussures magiques. Ils prennent des notes indéchiffrables.

Des exilés, des personnes déplacées de toute sorte, même des SDF sont venus jeter un coup d'œil à l'impossible. Ils sont sortis de leurs trous sous terre et ont bravé les bazookas, les bandes Uzifiées, pétées au crack, à l'héro, à la neige, les cambrioleurs et les casseurs. Les clochards portent des ponchos de jute qui puent et ils crachent bruyamment dans les pots de yuccas géants. Ils saisissent par poignées les canapés sur les plateaux que portent sur leurs paumes fières des traiteurs de première classe. Ils engloutissent des *sushi* avec d'impressionnantes quantités de sauce *wasabi*, dont les pouvoirs incendiaires semblent sans effet sur les entrailles des clochards. On appelle des équipes de la B.A.S.T.O.N. et, après une brève échauffourée où l'on fait usage de balles en caoutchouc et de fléchettes somnifères, on se débarrasse des clochards, on les tabasse, on les assomme et des camions les emmènent. On les déposera au-delà des limites de la ville, là-bas, dans ce no man's land où nous ne nous aventurons plus, ce désert enfumé, entouré de panneaux publicitaires géants. Des chiens sauvages se rassembleront autour d'eux, impatients de les dévorer. Nous vivons une époque impitoyable.

Il y a des réfugiés politiques à la vente aux enchères : conspirateurs, rois détrônés, factions vaincues, poètes, chefs de bandits. Ces personnages ne portent plus les bérets noirs, les lunettes à verres épais comme des culs de bouteille ni les capotes enveloppantes d'antan, mais ils prennent des poses pour mettre en valeur les vestes de soie carrées et les pantalons à taille haute de couturiers japonais. Les femmes arborent des vestes de toréador ornées de broderies en paillettes reproduisant de grandes œuvres d'art. Une beauté se pavane avec *Guer-*

nica sur le dos, et plusieurs autres portent des scènes étincelantes de la suite des *Désastres de la guerre* de Francisco Goya.

Elles ont beau être incandescentes dans leur costume de lumière, les réfugiées politiques ne parviennent pas à éclipser les chaussons rubis et, avec leurs camarades masculins, elles forment de petits groupes bruissants d'où jaillissent de temps en temps des imprécations, des avions ou des boulettes de papier mâché imbibées d'encre lancés au travers du salon sur des groupes d'émigrés rivaux. Aux portes, les gardes font claquer leur fouet d'un air nonchalant et les politiques se contrôlent.

Nous vénérons les chaussons rubis parce que nous croyons qu'ils peuvent nous rendre invulnérables aux sorcières (et il y en a tant qui nous poursuivent de nos jours) ; parce que nous leur attribuons un pouvoir de métamorphose et celui d'affirmer la normalité à laquelle nous avons presque cessé de croire et à laquelle ils nous promettent de revenir. Et parce qu'ils brillent comme les chaussures des dieux.

En raison du libéralisme extrême de certains Commissaires-Priseurs qui prétendent qu'une salle des ventes civilisée doit être une grande église ouverte et tolérante, on a laissé entrer des fondamentalistes religieux qui critiquent l'aspect fétichiste des chaussons. Ils ont déclaré ouvertement ne vouloir acheter les chaussures magiques que pour les brûler, et, aux yeux des Commissaires-Priseurs libéraux, il ne s'agit pas d'un programme condamnable. Que vaut la tolérance si l'intolérance n'est pas tolérée elle aussi ? « L'argent exige la démocratie », affirment les Commissaires-Priseurs. « L'argent n'a pas d'odeur. » Les fondamentalistes fulminent sur des caisses à savon fabriquées en bois spécial et béni. On les ignore, mais dans l'assistance certains personnages âgés disent d'une voix menaçante qu'ils ont ouvert une brèche.

Arrivent des orphelins, qui espèrent que les chaussons

rubis pourront les faire remonter dans le temps et l'espace (car, ainsi que le prouvent nos équations, toutes les machines qui voyagent dans l'espace voyagent aussi dans le temps) : ils comptent être réunis par les célèbres chaussures à leurs parents décédés.

Des hommes et des femmes douteux sont présents — des intouchables, des parias. Les forces de sécurité en bousculent un grand nombre sans ménagement.

« Chez nous » est devenu un concept si multiple, si altéré, si divers dans notre dur labeur actuel. Nous nous languissons de tant de choses. Il y a si peu d'arcs-en-ciel. Comment pouvons-nous espérer que même une paire de chaussures magiques agira ? Elles nous ont promis de nous ramener *chez nous*, mais les métaphores de ce « chez nous » leur sont-elles compréhensibles, les abstractions leur sont-elles accessibles ? Prennent-elles les choses à la lettre ou nous permettront-elles de redéfinir le mot sacré ?

Demandons-nous, espérons-nous trop ?

Alors que nos besoins innombrables émergent de leurs redoutes et se pressent contre les vitres électrifiées, les chaussures vont-elles, comme l'ancien poisson des frères Grimm, perdre patience devant nos exigences toujours plus grandes et nous renvoyer dans les taudis de nos mécontentements ?

Mais peut-être le comble est-il atteint par la présence dans la Salle des Ventes d'êtres imaginaires. Voici les petites filles des peintures australiennes du dix-neuvième siècle, elles pleurnichent dans leurs cadres à moulures dorées parce qu'elles sont perdues dans l'immensité de l'arrière-pays. Elles portent des robes bleues et des socquettes, et scrutent en tremblant les forêts tropicales et les déserts rouges.

Un personnage littéraire, condamné à lire pendant l'éternité les œuvres de Dickens à un fou armé, dans une jungle, a envoyé une enchère par écrit.

Sur un écran de télévision, je remarque la silhouette fragile d'un extraterrestre au doigt lumineux.

L'envahissement du monde réel par le monde de la fiction est un symptôme de la décadence morale de notre culture millénaire. Des héros descendent des écrans de cinéma et épousent des membres de l'assistance. Cela n'aura-t-il pas de fin ? Devrait-il y avoir des contrôles plus rigoureux ? L'État n'a-t-il pas suffisamment recours à la violence ? Nous débattons souvent de ce genre de questions. Il ne fait aucun doute que parmi nous, une grande majorité est hostile à l'immigration libre et non réglementée d'êtres imaginaires dans une réalité déjà bien mal en point, et dont les ressources diminuent chaque jour. Après tout, rares parmi nous sont ceux qui choisiraient de faire le voyage dans l'autre sens (bien que des rapports convaincants fassent état dernièrement d'une augmentation de telles migrations).

Pour l'instant, je laisse ce genre de débat en sommeil. La Vente aux Enchères va commencer.

Il faut que je parle de ma cousine Gale et de son habitude de gémir bruyamment en faisant l'amour. Je serai franc : ma cousine Gale a été et est toujours l'amour de ma vie et, aujourd'hui encore, alors que nous sommes séparés, le simple souvenir de ses bruits érotiques suffit à m'exciter. Je m'empresse d'ajouter qu'en dehors de cette volubilité, il n'y avait rien d'anormal dans notre façon de faire l'amour, rien, si je puis le dire ainsi, qui appartienne à la *fiction*. Pourtant j'en étais pleinement, pleinement satisfait, en particulier quand elle choisissait de crier au moment de la pénétration : « Viens là, toi ! Oui, chéri, chez toi, oui — entre chez toi ! »

Un jour, cela est triste à dire, en rentrant chez moi, je l'ai trouvée dans les bras d'un type velu, un homme des cavernes échappé d'un film. Je suis parti immédiatement, et je pleurais en descendant la rue avec, dans les bras, le portrait de Gale en tornade de gala et, dans mon sac à dos, ma collection d'anciens 78 tours de Pat Boone.

C'était il y a de nombreuses années.

Pendant quelque temps, après que Gale m'a eu laissé tomber, je lui en ai voulu et j'ai pris plaisir à révéler à nos connaissances qu'elle avait perdu sa virginité à quatorze ans, lors d'un accident où était impliquée une canne-siège défectueuse ; mais la vengeance ne m'a soulagé qu'un temps.

Depuis cette époque, je me suis consacré à sa mémoire. Je me suis transformé en cierge pour son temple.

J'ai conscience qu'après toutes ces années de séparation sans le moindre contact, la Gale de mes pensées n'est pas une personne entièrement réelle. La vraie Gale s'est brouillée au fur et à mesure que je la ré-imaginais, que j'élaborais secrètement la suite de notre vie à deux dans un univers alternatif sans hommes-singes. La vraie Gale est peut-être maintenant au-delà de notre atteinte, ineffable.

Je l'ai aperçue récemment. Elle était à l'autre extrémité d'une salle de bar longue, sombre, souterraine, gardée par des commandos mercenaires portant des armes nucléaires du champ de bataille. Il y avait des tapas polynésiens sur le comptoir et des bières du Pacifique à la pression : Kirin, Tsingtao, Swan.

A l'époque, beaucoup de chaînes de télévision se consacraient à la triste affaire de l'astronaute échoué sur Mars sans espoir de secours, avec des réserves de nourriture et d'air respirable qui diminuaient. Des porte-parole officiels nous exposaient des arguments forts en faveur de la suppression immédiate du budget de l'exploration spatiale. Nous trouvions ces arguments très convaincants ; des voix influentes se plaignaient du sentimentalisme des images de l'astronaute agonisant. Mais les caméras à l'intérieur du vaisseau naufragé continuaient à nous envoyer des images poignantes de sa lente descente dans le désespoir, de sa mort sans gravité en apesanteur.

J'observais ma cousine Gale qui regardait la télévision du bar. Elle ne me voyait pas, elle ne savait pas qu'elle était devenue le programme que j'avais choisi.

Le condamné de l'espace — le condamné de la télé —

se mit à chanter d'une voix de fausset un pot-pourri de chansons dont il se souvenait plus ou moins bien. Je me suis rappelé Hal, l'ordinateur agonisant, dans le vieux film *2001, Odyssée de l'espace.* Hal, qui chantait « Daisy, Daisy », alors qu'on le débranchait.

Le Martien — car l'homme était maintenant un résident permanent de cette planète — nous offrit son interprétation lointaine de « Swanee », « Montre-moi le chemin de la maison » et plusieurs airs du *Magicien d'Oz* : et les épaules de Gale se mirent à trembler. Elle pleurait.

Je ne suis pas allé la consoler.

C'est le lendemain matin que j'ai entendu parler pour la première fois de la vente aux enchères des chaussons rubis et j'ai immédiatement décidé de les acheter, quel qu'en soit le prix. Mon plan était simple : j'offrirais les chaussures miracles à Gale en toute humilité. Si elle le souhaitait, je lui dirais qu'elle pouvait s'en servir pour aller sur Mars afin de ramener l'homme de l'espace sur la terre.

Peut-être même claquerais-je trois fois des talons et réussirais-je à reconquérir son cœur en murmurant, comme en souvenir de notre amour détruit, *Aucun endroit ne vaut son chez soi.*

Vous riez de mon désespoir. Ha ! Dites à un homme qui se noie de ne pas se cramponner à des fétus de paille. Demandez à un astronaute qui agonise de ne pas chanter. Mettez-vous à ma place. Que disait le Lion Poltron du *Magicien d'Oz* ? Allez-y. Allez-yyyy. Je vous combattrai une main liée derrière le dos. Je vous combattrai les yeux fermés.

Vous avez peur, hein ? Vous avez peur ?

C'est là, dans la grande Salle des Ventes des Commissaires-Priseurs, que bat le cœur de la terre. Si vous y restez assez longtemps, vous verrez passer toutes les merveilles du monde. Au cours des dernières années, nous y avons assisté à la vente aux enchères du Taj

Mahal, de la Statue de la Liberté, des Alpes, du Sphinx. Nous avons assisté à la vente d'épouses et à l'acquisition de maris. Ici, on a vendu des secrets d'État, ouvertement, au plus offrant. Lors d'une séance très particulière, les Commissaires-Priseurs ont présidé la vente, devant une bande interconfessionnelle de démons rouges qui se consumaient lentement de désir, d'un grand choix d'âmes humaines de tous âges, classes, qualités, races et croyances.

Tout est à vendre et, sous la surveillance ferme mais au fond bienveillante des Commissaires-Priseurs, de leurs chiens et des équipes de la B.A.S.T.O.N., nous rivalisons de frime et de fric, une vraie guerre des nerfs.

Ici, nos actions sont empreintes d'une sorte de pureté ainsi que d'une tension esthétiquement agréable entre l'immense complexité de la vie offerte et emballée par lots, pour s'en aller au coup de marteau, et la simplicité tout aussi immense avec laquelle nous menons cette vie.

Nous mettons une enchère, les Commissaires-Priseurs adjugent un lot, et au suivant.

Tous sont égaux devant la justice des marteaux : l'artiste de trottoir et Michel-Ange, l'esclave et la reine.

C'est la loi de la demande.

Maintenant, ils mettent des enchères sur les chaussons. Au fur et à mesure que les prix montent, ma gorge se serre. La panique m'étreint, m'écrase, m'engloutit. Je pense à Gale — tendre cousine ! —, je repousse ma peur et je mets une enchère.

Une fois, le mari veuf d'une chanteuse pop, célèbre dans le monde entier et très aimée, m'a demandé d'assister à sa place à une vente aux enchères de souvenirs de rock. Il était l'unique exécuteur testamentaire d'un héritage qui se montait à des dizaines de millions. Je traitai cet homme avec respect.

« Je ne veux qu'un lot, me dit-il. Mettez-y le prix qu'il faudra. »

C'était un vêtement, une petite culotte comestible en papier de riz, parfumée à la menthe, achetée des années plus tôt dans une boutique de Rodeo Drive (si ma mémoire est bonne). Lors de son dernier passage sur scène, la femme de mon employeur avait enlevé et consommé en public plusieurs petites culottes de ce genre. D'autres culottes, aux parfums les plus divers — copeaux de chocolat, gloire de slip, cassate — furent jetées dans la foule. Ou les avala aussitôt dans l'excitation du concert, les heureux destinataires étant trop exaltés pour réfléchir à la valeur future de ce qu'ils avaient attrapé. Les sous-vêtements effectivement portés par la dame étaient donc peu nombreux et très demandés.

Au cours de cette vente, des enchères arrivèrent par liaison vidéo de Tokyo, Los Angeles, Paris et Milan, des enchères si rapides et si considérables que j'en ai perdu mon sang-froid. Mais quand j'ai téléphoné à mon employeur pour lui avouer mon échec, il n'a absolument pas eu l'air troublé, seul le prix semblait l'intéresser. Je lui ai indiqué une somme à cinq chiffres, et il a ri. C'était la première fois que je l'entendais rire franchement depuis la mort de sa femme.

« C'est parfait, a-t-il dit. J'en ai trois cent mille autres. »

Ce sont les Commissaires-Priseurs qui déterminent la valeur de notre passé, de notre avenir, de notre vie.

Le prix des chaussons rubis monte encore. Beaucoup d'enchérisseurs se révéleront n'être que des mandataires, comme moi le jour de la petite culotte ; comme je le suis si souvent, de bien des manières.

Cependant, aujourd'hui, je lance des enchères — peut-être de façon littérale — pour moi-même.

Une explosion retentit à l'extérieur, dans la rue. Nous entendons des galopades, des sirènes, des cris. De telles choses sont devenues banales. Nous restons là où nous nous trouvons, absorbés par un drame d'une intensité bien supérieure.

Les crachoirs sont très utilisés. Les sorcières chantent

des mélopées, les stars de cinéma sortent brusquement, l'aura défraîchie. Des files d'attente de désespérés se forment devant les cabines des psychiatres. Il y a du travail pour les gardes manieurs de matraque, mais pas encore pour les obstétriciens. L'ordre est maintenu. Je suis le seul à enchérir encore dans la Salle des Ventes. Mes rivaux sont des têtes désincarnées sur des écrans vidéo, et des voix inaudibles sur des lignes téléphoniques. Je me bats contre un monde invisible de démons et de fantômes, et le prix est la main de ma dame.

Au moment crucial d'une vente aux enchères, quand l'argent n'est plus qu'un moyen de marquer des points, il se passe quelque chose que j'ai du mal à avouer : on se détache de la terre.

Il y a une perte de pesanteur, une réduction de poids, un flottement dans la capsule qui est le théâtre de la lutte. Pour atteindre son but, il faut franchir la frontière du délire. Cette entreprise ainsi que notre propre survie deviennent — eh oui ! — des fictions.

Or, les fictions, comme je l'ai laissé entendre plus haut, sont dangereuses.

Prisonniers de la fiction, nous pouvons hypothéquer nos maisons, vendre nos enfants, afin d'obtenir tout ce que nous désirons ardemment. Dans cet océan de miasmes emportés par le flot, nous pouvons nous éloigner simplement de nos désirs, et les voir de nouveau, de loin, alors ils nous semblent banals et sans consistance. Nous les laissons aller. Comme des hommes qui meurent dans le blizzard, nous nous allongeons dans la neige pour nous reposer.

Et c'est ainsi que, dans le creuset de la vente, ma cousine Gale perd toute emprise sur moi. Et c'est ainsi que j'abandonne les enchères, rentre chez moi et m'endors.

Quand je m'éveille, je me sens reposé et libre.

La semaine prochaine se tient une autre vente aux enchères. On vendra des arbres généalogiques, des armoiries, des lignées royales dans lesquels on pourra insérer le nom qu'on veut, le sien ou celui de la femme qu'on aime. On proposera aussi des pedigrees canins et félins : bergers allemands, chats birmans ou siamois, lévriers persans, terriers cairns.

Grâce à l'infinie générosité des Commissaires-Priseurs, nous pouvons tous, chats, chiens, hommes, femmes, enfants, être de sang bleu ; nous pouvons être — comme nous le désirons ; et comme nous craignons, tapis dans nos abris, de ne pas l'être — *quelqu'un*.

CHRISTOPHE COLOMB ET LA REINE ISABELLE D'ESPAGNE CONSOMMENT LEUR RELATION (SANTA FÉ, 1492)

Pendant une éternité, Colomb — un étranger — vit dans le sillage de la reine Isabelle sans abandonner tout espoir.

— *Dans quelles attitudes caractéristiques* ?

Fier mais suppliant, la tête haute mais un genou fléchi. Servile mais intrépide : non dépourvu d'une certaine effronterie vulgaire, il s'en tire à bon compte grâce à son charme d'homme sûr de lui. Cependant, à mesure que le temps passe, ses manières se polissent et s'affinent ; le côté bravache du loup de mer s'use. Comme ses chaussures.

= *Son espoir. Qu'espère-t-il* ?

Commençons par les réponses évidentes. Il espère une promotion. Il veut attacher la faveur de la reine à son casque, comme un preux chevalier d'antan. (A ceci près qu'il n'a pas de casque.) Il espère obtenir de l'argent et trois grands navires, *Niña, Pinta, Santa Maria* ; traverser à la voile, en l'an quatorze cent quatre-vingt-douze, le bleu de l'océan. Mais, lors de son arrivée à la cour, quand la reine elle-même lui a demandé ce qu'il désirait, il s'est incliné sur sa main à la peau olivâtre et, effleurant de ses lèvres le grand anneau du pouvoir, il a murmuré une phrase unique, dangereuse. « Que tout soit consommé. »

— *Ces ignobles étrangers ! Quel aplomb ! « Que tout soit consommé », et puis quoi encore ! Après cela, il la suit comme son ombre, mois après mois, comme s'il avait la moindre chance. Avec ses épîtres grossières, ses sérénades discordantes sous les croisées de la reine, ce qui oblige à les fermer et à arrêter la brise fraîche, pour qui se prenait-il ? Elle avait mieux à faire, elle, un monde à conquérir et caetera.*

═ Les étrangers peuvent se montrer obstinés. Et peuvent aussi, à cause des difficultés de la langue, ne pas comprendre les allusions. N'oublions pas pourtant qu'il est considéré comme de rigueur d'avoir quelques étrangers dans les parages, car ils apportent une touche cosmopolite. Ils sont souvent pauvres et, en conséquence, disposés à accomplir des tâches variées, nécessaires mais répugnantes. En outre, ils servent à nous mettre en garde contre la suffisance, leur existence parmi nous nous rappelle qu'il y a des endroits (aussi difficile que ce soit à accepter) où nous serions nous-mêmes considérés comme des étrangers.

— Mais parler ainsi à la reine !

═ Les étrangers ne savent pas rester à leur place (la preuve, ils l'ont quittée en partant). Avec le temps, ils finissent par se prendre pour nos égaux. C'est un risque inévitable. Ils introduisent dans notre austérité leurs afféteries à l'italienne. Face à cela, on ne peut que faire la sourde oreille ou regarder ailleurs. Ils ne pensent pas à mal et ne passent les bornes que très rarement. La reine, soyez-en sûr, saura se défendre.

A la cour d'Isabelle, Colomb acquiert rapidement une réputation de fou. Ses vêtements sont excessivement bariolés et il a également un goût prononcé pour la boisson. Quand Isabelle remporte une victoire militaire, elle la célèbre par onze jours de psaumes et les rigueurs sonores des prêtres. Colomb arpente les abords de la cathédrale en brandissant une outre. Cet homme, c'est une orgie à lui tout seul.

— Regardez-le, cet ivrogne, avec sa tête énorme, pleine d'extravagances, et ses cheveux en broussaille ! Un sot dont l'œil scintille en rêvant d'un paradis doré au-delà du bord occidental du monde.

« Que tout soit consommé. »

La reine se joue de Colomb.

Au déjeuner, elle lui promet tout ce qu'il veut ; et plus tard, dans l'après-midi, elle le croise sans le voir, son regard le traverse comme il ferait d'un voile.

Le jour de la fête de Colomb, elle le convoque dans son boudoir le plus secret, renvoie ses servantes, lui permet de lui tresser les cheveux et, pendant un instant, de lui caresser les seins. Puis elle appelle ses gardes. Elle le bannit dans les écuries et les porcheries pendant quarante jours. Désespéré, il s'assoit sur le foin que mâchent les chevaux, et laisse ses pensées courir après l'or lointain et fabuleux. Il rêve des parfums de la reine mais suffoque en s'éveillant dans une porcherie.

Jouer avec Colomb plaît à la reine.

Et plaire à la reine, il n'a garde de l'oublier, peut l'aider à atteindre son but. Des cochons fouillent à ses pieds. Il grince des dents.

« Plaire à la reine est juste et bon. »

Colomb s'interroge.

Le tourmente-t-elle simplement pour le plaisir ?

Ou bien : parce qu'il est étranger et que ses manières la déroutent.

Ou bien : parce que l'annulaire de la reine, encore brûlant du souvenir des lèvres de Colomb et de son souffle, a été — comment dit-on ? — *touché*. Oui : des tentacules de chaleur remontent de la main de la reine vers son cœur. Une turbulence est née.

Ou bien : parce que la reine est déchirée entre la possibilité d'embrasser son plan avec l'abandon d'une amante, et le choix plus conventionnel et autrement (méchamment) agréable de le détruire, en fin de compte, après beaucoup de préliminaires en lui riant au nez, en plein visage, avec son air stupide et suppliant.

Colomb se console avec des possibilités. Mais toutes ne consolent pas.

Isabelle est un monarque absolu. (Son mari est un zéro

absolu : une absence ; on ne peut être plus froid. Nous ne nous attarderons pas sur lui.) Elle, c'est une femme dont on baise souvent l'anneau. Cela ne signifie rien pour elle. Ces flatteries lui sont coutumières. Elle y résiste sans effort.

Isabelle est un tyran, qui compte parmi ses possessions une ménagerie privée de quatre cent dix-neuf bouffons, certains malformés et grotesques, d'autres beaux comme l'aurore. Lui, Colomb, n'est que son quatre cent vingtième idiot. Cela, aussi, est un scénario plausible.

Ou alors : elle comprend son rêve d'un monde au-delà des bords du monde connu, et cela l'émeut si profondément qu'elle en est effrayée, et elle se tourne vers lui pour s'en détourner ensuite ;

Ou encore : elle ne le comprend pas du tout et ne cherche pas à le comprendre.

« A vous de choisir. »

Ce qui est certain, c'est que lui ne comprend pas cette femme. Seuls les faits sont clairs. C'est Isabelle, la Conquérante. Il est son homme invisible (bien que bigarré, bruyant, et biberonnant).

« Que tout soit consommé. »

Les appétits sexuels de l'homme déclinent ; avec les années qui passent, ceux de la femme croissent. Isabelle est le dernier espoir de Colomb. Car il commence à manquer de protecteurs potentiels, d'éloquence mercenaire, d'éloquence galante, de cheveux, et de ressort.

Le temps passe lentement.

Isabelle parcourt le pays au galop, gagne des batailles, chasse les Maures de leurs places fortes, et ses appétits ne cessent de croître de semaine en semaine. Plus elle avale de pays, plus elle engloutit de guerriers, plus sa faim augmente. Colomb, conscient du dessèchement qui le gagne, se fait d'amers reproches. Il devrait voir les choses comme elles sont. Il devrait reprendre ses esprits. Quelles perspectives a-t-il ici ? Certains jours, elle lui fait nettoyer les latrines. D'autres jours, il est de service pour laver les corps et, après une bataille, les corps ne sont pas propres. Les soldats qui vont à la guerre portent sous leur armure des langes pour hommes parce que chaque fois la peur de mourir leur lâchera les boyaux. Colomb n'était pas fait pour ce genre de travail. Il se dit qu'il doit quitter Isabelle, une fois pour toutes.

Mais il y a des obstacles : l'âge qui s'avance, le manque de protecteurs. S'il décampe, il devra oublier le voyage vers l'ouest.

L'opinion philosophique qui soutient que cette vie est absurde ne l'a jamais attiré. C'est un homme d'action, qui se révèle dans les actes. Mais sans le voyage vers l'ouest, il sera obligé d'accepter l'inanité de la vie. Cela aussi représenterait une défaite. Invisible dans ses vives couleurs tropicales, non payé de retour, il reste, attaché aux pas de la reine, espérant l'extase d'un regard.

« La recherche d'argent et de protection, dit Colomb, n'est pas très différente de la quête de l'amour. »

— *Elle est toute-puissante. Les châteaux tombent à ses pieds. Les juifs ont été expulsés. Les Maures préparent leur ultime reddition. La reine est à Grenade, et chevauche à la tête de ses armées.*

= *Elle triomphe. Rien de ce qu'elle a voulu ne lui a jamais été refusé.*

— *Tous ses rêves sont des prophéties.*

= *Grâce aux informations reçues en songe, elle établit des plans de bataille invincibles, déjoue les conspirations des assassins, découvre les infidélités et les corruptions qui lui permettent de faire chanter à la fois ceux qui lui sont loyaux (pour s'assurer leur soutien) et ses adversaires (pour se les attacher). Ses rêves l'aident à prédire le temps, à négocier les traités, et à investir astucieusement dans le commerce.*

— *Elle mange comme quatre et ne prend jamais un gramme.*

= *La terre vénère le bruit de son pas. Les ombres s'enfuient devant l'éclat de ses yeux.*

— *Son visage est une péninsule luxuriante baignée par une mer de cheveux.*

= *Les trésors de ses coffres sont inépuisables.*
— *Ses oreilles sont de tendres points d'interrogation, qui expriment quelque incertitude.*
= *Ses jambes.*
— *Ses jambes ne sont pas si belles que ça.*
= *Le mécontentement ne la quitte pas.*
— *Aucune conquête ne la satisfait, aucun sommet d'extase n'est suffisamment élevé.*
= *La preuve : là-bas, aux portes de l'Alhambra, il y a Boabdil le Malchanceux, le dernier sultan de la dernière redoute de tous les siècles de l'Espagne arabe. Voyez : en cet instant même, il rend les clefs de la citadelle qu'elle saisit... Regardez ! Et quand les lourdes clefs tombent de la main du sultan dans la sienne, la voilà... la voilà qui...* bâille.

Colomb abandonne tout espoir.
Tandis qu'Isabelle entre dans l'Alhambra avec un air de triomphe blasé, il selle sa mule. Tandis qu'elle flâne dans la Cour des Lions, il s'en va avec force coups de fouet, de coude et de sabots, et disparaît rapidement dans un nuage de poussière.
L'invisibilité le réclame. Il s'abandonne à sa volonté. Sachant que c'est son destin auquel il renonce, il persiste. Il s'éloigne de la reine Isabelle dans une colère impuissante, il chevauche nuit et jour, et quand sa mule meurt sous lui, il met sur son épaule ses sacs ridicules, bariolés comme quelque ouvrage de gitane, et dont les couleurs criardes sont maintenant ternies par la boue. Et il marche.

Autour de lui s'étend la riche plaine que les armées de la reine ont soumise. Colomb ne voit rien, ni la fertilité de la terre, ni la brusque stérilité des châteaux conquis perchés sur les sommets. Les fantômes des civilisations vaincues glissent discrètement le long des fleuves dont les noms — Guadalceci et Guadalcela — conservent un écho du passé anéanti.
Au-dessus de lui, les arabesques tournoyantes des buses patientes.

De longues colonnes de juifs croisent Colomb, mais la tragédie de leur expulsion le laisse indifférent. Quelqu'un essaie de lui vendre une épée de Tolède : il chasse l'homme d'un geste de la main. Ayant perdu ses rêves de navires, Colomb laisse les juifs aux vaisseaux de leur exil qui attendent dans le port de Cadix. L'épuisement lui fait perdre l'esprit. Ce vieux monde est trop vieux et le nouveau est une terre inconnue.

« La perte de l'argent et de la protection, dit Colomb, est aussi amère qu'un amour non récompensé. »

Il marche au-delà de la fatigue, au-delà des limites de l'endurance et des frontières de lui-même, et quelque part sur ce chemin il perd l'équilibre, bascule au-delà des bornes de sa raison, et dans cet espace extérieur à son esprit il a, pour la première et unique fois de sa vie, une vision.

C'est le rêve d'un rêve.

Il rêve d'Isabelle qui explore languissamment l'Alhambra, le grand joyau qu'elle a pris à Boabdil, le dernier des Nasrides.

Elle regarde dans une énorme vasque que tiennent en l'air des lions de pierre. La vasque est remplie de sang, et dedans elle voit — *c'est-à-dire que Colomb rêve qu'elle est en train de voir* — une vision d'elle-même.

La vasque lui montre que toute chose, tout le monde connu, lui appartient maintenant. Tous ses habitants sont entre ses mains, elle peut en faire ce qui lui plaît. Et quand elle le comprend — *rêve Colomb* — le sang se fige brusquement, et devient une fange épaisse, grouillante de vermine. Alors cette Isabelle, fruit de l'imagination lasse mais vengeresse de Colomb, frémit au plus profond d'elle-même en se rendant compte qu'elle ne saura jamais, *jamais*, JAMAIS ! se satisfaire de la possession du Connu. Seul l'Inconnu, peut-être l'Inconnaissable, peut la combler.

Et tout à coup elle se souvient de Colomb *(il l'imagine*

se souvenant de lui). Colomb, l'homme invisible qui rêve d'entrer dans le monde invisible, le monde inconnu et peut-être même inconnaissable au-delà du bord du monde visible, au-delà de la vasque de pierre du quotidien, au-delà du sang épais de la mer. Colomb dans ce rêve amer oblige enfin Isabelle à voir la vérité, il l'oblige à accepter le fait que le besoin qu'elle a de lui est aussi grand que le besoin qu'il a d'elle. Oui ! Elle le sait maintenant ! Elle doit absolument, absolument, lui donner l'argent, les navires, tout, et il doit absolument, absolument, porter les couleurs et la faveur royales au-delà de la fin de la terre, dans l'exaltation et l'immortalité, en liant cette femme à lui pour toujours par des liens bien plus durs à dissoudre que ceux de tout amour mortel, les liens rudes et déifiants de l'histoire.

« Que tout soit consommé. »

Dans le rêve sauvage de Colomb, Isabelle s'arrache les cheveux, se précipite hors de la Cour des Lions, et appelle ses hérauts en hurlant.

« Trouvez-le », ordonne-t-elle.

Mais Colomb dans son rêve refuse qu'on le retrouve. Il serre autour de lui le manteau bariolé et poussiéreux de son invisibilité, et les hérauts galopent de tous côtés en vain.

Isabelle crie, supplie, implore.

La garce ! La garce ! Ça te plaît maintenant, ricane Colomb. En disparaissant de sa cour, grâce à son invisibilité ultime et suicidaire, il l'a privée de ce qu'elle désire de toute son âme. Bien fait pour elle.

La garce !

Elle a assassiné ses espoirs, n'est-ce pas ? Eh bien, voilà. En agissant ainsi, elle s'est ruinée elle aussi. Justice poétique. Il faut être juste.

A la fin du rêve, il permet aux messagers de la reine de le retrouver. Le bruit des sabots de leurs chevaux, les bras qui s'agitent frénétiquement. Ils supplient, flattent, soudoient. Mais trop tard. Seule demeure la douce joie masochiste d'assassiner le Possible.

Il répond aux hérauts en secouant la tête.

« Non. »

Il revient à lui.

Il est à genoux dans la plaine fertile, attendant la mort. Il entend des chevaux qui galopent et lève les yeux, craignant de voir l'Ange exterminateur venir vers lui comme un conquérant. Ses ailes noires déployées, l'ennui sur le visage.

Les hérauts d'Isabelle l'entourent. Ils lui offrent à manger, à boire, un cheval. Ils hurlent.

— *Bonne nouvelle ! La reine vous demande.*

═ *Votre voyage : une merveilleuse nouvelle.*

— *Elle a eu une vision qui l'a effrayée.*

═ *Tous ses rêves sont des prophéties.*

Les hérauts mettent pied à terre. Ils soudoient, supplient, flattent.

— *Elle est sortie de la Cour des Lions en courant et en criant votre nom.*

═ *Elle va vous envoyer au-delà de la vasque de pierre du monde connu, au-delà du sang épais de la mer.*

— *Elle vous attend à Santa Fé.*

═ *Il faut venir tout de suite.*

Il se lève, comme un amant payé de retour, comme un jeune marié le jour de ses noces. Il ouvre la bouche, et ce qui manque d'en sortir, c'est le refus amer d'un non.

« Soit », dit-il aux hérauts. *Soit. Je viens.*

Est, Ouest

L'HARMONIE DES SPHÈRES

A l'époque du jubilé, l'écrivain Eliot Crane, qui souffrait de ce qu'il appelait des « accès » de schizophrénie paranoïde, déjeuna avec sa femme, une jeune photographe de presse nommée Lucy Evans, dans la ville galloise de R. où elle travaillait au journal local. Il semblait de bonne humeur, et il lui dit qu'il était en forme mais fatigué, et qu'il irait se coucher tôt. C'était la nuit de bouclage du journal, aussi Lucy rentra-t-elle assez tard dans leur maison à flanc de coteau ; quand elle monta au premier, Eliot n'était pas dans leur chambre. Elle pensa qu'il dormait dans la chambre d'amis et, pour ne pas le déranger, elle se coucha.

Une heure plus tard, Lucy s'éveilla avec la prémonition d'un désastre et, sans s'habiller, alla jusqu'à la porte de la chambre d'amis ; elle prit une grande respiration et l'ouvrit. Une demi-seconde plus tard, elle la referma en la claquant et s'écroula lourdement sur le plancher. Son mari était malade depuis plus de deux ans et la seule chose qui lui vint à l'esprit fut : « *C'est fini.* » Quand elle commença à frissonner, elle retourna se coucher et dormit profondément jusqu'au matin.

Eliot s'était mis le canon de son fusil dans la bouche et avait appuyé sur la détente. L'arme avait appartenu à son père qui en avait fait le même usage. La seule lettre qu'Eliot laissait, après cet acte de macabre symétrie, était une note expliquant comment nettoyer et graisser le fusil. Lucy et lui n'avaient pas d'enfants. Il avait trente-deux ans.

Une semaine plus tôt, nous escaladions tous les trois une colline dans les Borders pour voir les feux de joie du jubilé allumés sur les crêtes, parant la nuit d'une guirlande. « Cela ne veut pas dire un "bon feu*", expliqua Eliot, même si je pense qu'il y a quelque chose de ça dans le mot. A l'origine, c'était un feu d'os : des os d'animaux mais aussi des restes humains, les squelettes calcinés, mes amis, de *hêtres zumains.* »

Il avait des cheveux d'un roux flamboyant, un rire qui ressemblait au ululement d'une chouette, et était maigre comme un manche à balai. Dans le théâtre d'ombres que créaient les lueurs des feux, nous avions l'air de déments, aussi était-il facile de ne pas tenir compte des joues creuses d'Eliot, de la pantomime de ses sourcils et de l'éclat de ses yeux de marin fou. Nous nous tenions près des flammes et Eliot nous racontait des histoires effrayantes de sabbats locaux au cours desquels des sorcières enveloppées de grands manteaux et buveuses d'urine évoquaient les démons de l'enfer. Nous avalions de grandes lampées de cognac à sa flasque et il reprenait son récit. Mais une fois, il avait rencontré un démon et, depuis ce jour-là, Lucy et lui fuyaient. Ils avaient vendu leur maison hantée, une maison minuscule place du Portugal à Cambridge, et avaient emménagé dans un triste cottage gallois qui sentait le mouton et qu'ils avaient baptisé (avec un humour macabre) Crowley End**.

Cela n'avait pas marché. Tandis que nous poussions des cris en écoutant Eliot raconter ses histoires de revenants, nous savions que le démon avait relevé le numéro d'immatriculation de sa voiture et qu'il pouvait lui téléphoner à tout moment à son numéro sur liste rouge ; qu'il avait retrouvé son adresse.

---

* En anglais, *bonfire* : feu de joie et *bone* : os. *(N.d.T.)*

** Aleister Crowley (1875-1947), fondateur de cercles sataniques. *(N.d.T.)*

Lucy m'avait appelé pour me dire : « Tu devrais venir. Ils l'ont arrêté alors qu'il roulait à contresens sur l'autoroute, à cent quarante, avec un masque pour le sommeil sur les yeux. » Elle avait renoncé à beaucoup de choses pour lui, elle avait troqué son emploi dans un journal du dimanche de Londres pour une feuille de chou de province, parce qu'il était fou et qu'elle devait rester près de lui.

« Est-ce qu'il sera d'accord cette fois ? » lui avais-je demandé. Eliot avait élaboré une théorie de la conspiration selon laquelle la plupart de ses amis se révélaient être des agents de puissances hostiles, à la fois terrestres et extraterrestres. J'étais un envahisseur venu de Mars, un de ces nombreux êtres dangereux qui s'étaient introduits en Grande-Bretagne en profitant du relâchement de certaines formes essentielles de vigilance. Les Martiens avaient de grands talents d'imitateurs et ils pouvaient tromper les « hêtres zumains » en leur faisant croire qu'ils étaient des hêtres de la même forêt, et bien sûr ils se reproduisaient comme des mouches sur un régime de bananes pourries.

Durant plus d'une année, pendant ma phase martienne, je n'avais pas pu leur rendre visite. Lucy me téléphonait des bulletins de santé : les médicaments faisaient effet, les médicaments ne servaient à rien parce qu'il refusait de les prendre régulièrement, il allait mieux au moins tant qu'il n'essayait pas d'écrire, il allait moins bien car ne pas écrire le plongeait dans de profondes dépressions, il était passif et inerte, il était furieux et violent, il se sentait coupable et désespéré.

J'étais impuissant ; comme tout le monde dans ce cas-là.

Nous étions devenus amis au cours de ma dernière année à Cambridge, alors que j'étais embarqué dans une histoire d'amour épuisante et intermittente avec une étudiante de troisième cycle qui s'appelait Laura. Elle préparait une thèse sur James Joyce et le *nouveau roman* français, et pour lui faire plaisir j'avais lu deux fois, laborieusement, *Finnegans Wake,* ainsi que l'essentiel de Sarraute, Butor et Robbe-Grillet. Un soir, par amour du romanesque, je sortis de son appartement de Chesterton Road par la fenêtre, et je restai sur le rebord, dans un équilibre précaire, refusant de rentrer tant qu'elle n'aurait pas accepté de m'épouser. Le lendemain matin, elle téléphona à sa mère pour lui annoncer la nouvelle. Après un long silence, maman dit : « Je suis sûre qu'il est très bien, ma chérie, mais ne pourrais-tu pas trouver quelqu'un de, enfin, du même genre que toi ? »

La question humilia Laura. « Que veux-tu dire, du même genre ? » répliqua-t-elle en hurlant dans le téléphone. « Un spécialiste de Joyce ? Quelqu'un d'un mètre soixante ? Une femme ? »

Cependant, cet été-là, elle se soûla à un mariage, elle m'arracha mes lunettes et les cassa en deux, elle empoigna le couteau du gâteau de noce à la grande consternation du marié et de la mariée, et me dit que si jamais je m'approchais d'elle, elle me découperait en tranches et me servirait aux invités. Je m'éloignai comme un myope et tombai plus ou moins dans les bras d'une autre femme, une compagne étrangère aux yeux gris avec des lunettes de grand-mère, Mala, qui me proposa sans rire de me raccompagner « car vos capacités optiques sont actuellement réduites ». Ce n'est qu'après notre mariage que je découvris que la sérieuse et calme Mala, qui ne fumait pas, ne buvait pas, ne se droguait pas, qui était végétarienne, Mala la solitaire de l'île Maurice, l'étudiante en médecine au sourire de Joconde, avait été envoyée dans ma direction par Eliot Crane.

« Il aimerait te voir, me dit Lucy au téléphone. Les Martiens n'ont plus l'air de l'inquiéter autant. »

Eliot était assis devant le feu de cheminée, une couverture rouge sur les genoux. « Salut ! Démon de l'espace ! » s'écria-t-il avec un large sourire, en levant les bras au-dessus de sa tête, à moitié pour m'accueillir, à moitié pour faire semblant de se rendre. « Assieds-toi, vieux célibataire, avec tes yeux en billes de loto, et prends un verre avant de commencer à nous faire du mal. »

Lucy nous laissa seuls, et il parla sobrement et avec une objectivité apparente de la schizophrénie. J'avais du mal à croire qu'il venait de rouler à contresens et les yeux bandés sur une autoroute. Quand la folie le prenait, m'expliqua-t-il, il « aboyait » et devenait capable des pires excès. Mais entre les crises, il était « parfaitement normal ». Il me dit qu'il avait fini par considérer qu'il n'y avait pas de honte à accepter qu'on était fou : c'était une maladie comme une autre, voilà tout.

« Mon état s'améliore, m'affirma-t-il en toute confiance. J'ai recommencé à travailler, le livre sur Owen Glendower*. Tant que je ne m'occupe pas de questions occultes, le travail va bien. (Il était l'auteur d'une étude savante en deux volumes sur des groupes occultes connus ou clandestins dans l'Europe des dix-neuvième et vingtième siècles, intitulée *L'Harmonie des sphères*.)

Il baissa la voix. « Entre nous, Khan, je travaille aussi sur un traitement simple de la schizophrénie paranoïde. Je suis en correspondance avec les meilleurs spécialistes du pays. Tu ne t'imagines pas à quel point ils sont impressionnés. Ils sont d'accord pour reconnaître que j'ai mis le doigt sur quelque chose d'absolument nouveau, et ce n'est qu'une question de temps pour que nous touchions au but. »

Je me suis brusquement senti très triste. « A propos, méfie-toi de Lucy, murmura-t-il. Elle ment comme une pute. Et elle écoute aux portes, tu sais. Ils lui donnent les appareils les plus modernes. Il y a des micros dans le frigo. Elle les cache dans le beurre. »

Eliot m'avait présenté Lucy dans un chiche-kebab de Charlotte Street en 1971 ; je ne l'avais pas vue depuis dix ans mais je me suis souvenu tout de suite que nous nous étions embrassés sur la plage de Juhu alors que j'avais

* Gallois qui prit la tête d'une rébellion contre Henry IV au XVe siècle. *(N.d.T.)*

quatorze ans et elle douze ; et que j'avais eu envie de recommencer. Miss Lucy Evans, la blonde lumineuse, l'enfant précoce du patron de la célèbre Bombay Company. Elle ne fit aucune allusion à nos baisers ; j'ai pensé qu'elle les avait sans doute oubliés, et je n'ai rien dit moi non plus. Mais elle s'est souvenue de nos courses de chameaux sur la plage de Juhu, du lait des noix de coco fraîches, cueillies sur l'arbre. Elle n'avait pas oublié.

Lucy était la fière propriétaire d'un petit bateau, un antique rafiot qui avait été autrefois une chaloupe. Il était pointu aux deux extrémités, avec une cabine de fortune au milieu et un moteur Thorneycroft Handybilly d'une ancienneté improbable et qui ne répondait à aucune cajolerie sauf à celles de sa maîtresse. Il avait fait Dunkerque. Elle l'avait baptisé *Bougainvillée* en souvenir de son enfance à Bombay.

A plusieurs reprises, j'ai accompagné Eliot et Lucy à bord du *Bougainvillée*, la première fois avec Mala, mais ensuite sans elle. Mala, aujourd'hui le docteur Mala, docteur (Mme) Khan, pas moins, la Mona Lisa du centre médical de Harrow Road, ne trouvait aucun charme à cette existence bohème dans laquelle nous ne prenions pas de bains, où nous pissions en dehors de la cuvette et où la nuit nous nous serrions les uns contre les autres pour avoir chaud, enfermés dans nos duvets. « Pour moi, l'hygiène est la priorité numéro un », disait Mala. « Assez de ces sacs de couchage. Moi, je reste chez moi avec mon matelas Dunlopillo et des WC. »

Au cours d'un voyage, nous avons remonté la Trent et le canal de la Mersey jusqu'à Middlewich, puis à l'ouest vers Nantwich en redescendant le canal du Shropshire Union, et de nouveau à l'ouest vers Llangollen. Lucy était très désirable en capitaine et elle faisait preuve d'une grande force physique et d'une sorte d'autorité de marin que je trouvais très excitantes. Au cours de ce voyage, nous avons passé deux nuits seuls, parce que Eliot dut retourner à Cambridge pour y écouter la conférence d'un « Autrichien éminent » sur les rapports des nazis avec l'occultisme. Nous l'avons accompagné à la gare de Crewe, puis nous avons mal mangé dans un restaurant prétentieux. Lucy insista pour commander une bouteille de rosé. La serveuse se raidit avec mépris. « On dit *rouge* en français, madame », beugla-t-elle.

Rouge ou rosé, nous en avons trop bu. Plus tard, à bord du *Bougainvillée*, nous avons attaché nos sacs de couchage et nous sommes retournés sur la plage de Juhu. Mais à un certain moment, elle m'a embrassé la joue, a murmuré « Folie, amour », et elle a roulé sur elle-même en tournant le dos au passé trop lointain. J'ai pensé à Mala, mon présent pas trop lointain, et j'ai rougi comme un coupable dans l'obscurité.

Le lendemain, ni l'un ni l'autre ne parla de ce qui avait failli se passer. Le *Bougainvillée* arriva devant un tunnel à une voie, à la mauvaise heure ; mais Lucy n'avait pas envie d'attendre trois heures pour avoir le droit de s'engager ; elle me donna l'ordre de partir en avant avec une lampe électrique sur l'étroit chemin de halage du tunnel, tandis qu'elle conduisait le bateau derrière moi à vitesse réduite. Je ne savais absolument pas ce qu'elle ferait si nous rencontrions quelqu'un venant vers nous, mais marcher sur le chemin de halage glissant et inégal mobilisait mon attention, et de toute façon, j'étais le seul membre d'équipage.

La chance nous sourit ; nous ressortîmes à la lumière du jour. Je portais un pull de cricket blanc qui était maintenant rouge, taché de façon indélébile par la boue des parois du tunnel. J'avais aussi de la boue dans mes chaussures, dans les cheveux et sur le visage. Quand j'essuyai mon front couvert de sueur, un bloc de boue me tomba dans l'œil.

Lucy poussa un cri de triomphe devant notre succès illégal. « Je t'ai enfin fait transgresser la loi, je suis vachement contente », cria-t-elle. (Quand j'étais jeune, à Bombay, j'avais une réputation de vertu.) « Tu vois, le crime paie en fin de compte. »

La folie. L'amour. Je me suis souvenu du rosé et du tunnel quand j'ai entendu parler de l'escapade d'Eliot à tombeau ouvert. Nos aventures de nuit et de jour, à bord du *Bougainvillée*, avaient été aussi dangereuses à leur façon. Des étreintes interdites et un parcours à contresens dans l'obscurité. Mais nous n'avions pas fait naufrage et il n'avait pas été tué. Nous avions simplement eu de la chance. Je suppose.

Pourquoi perdons-nous l'esprit ?

« Un simple déséquilibre biochimique », telle était l'opinion d'Eliot. Il tint absolument à conduire pour revenir des feux de joie du jubilé, et tandis qu'il accélérait dans les virages sans visibilité sur d'obscures routes de campagne, différents éléments biochimiques se combinaient eux aussi de façon déséquilibrée dans mes veines. Soudain, sans prévenir, il freina brusquement et s'arrêta. C'était une nuit de pleine lune. A notre droite, à flanc de coteau, il y avait des moutons endormis et un petit cimetière entouré d'une clôture.

« Je veux être enterré ici, déclara-t-il.

— Impossible, répondis-je. Il faut d'abord que tu sois mort.

— Ne dis pas ça, répliqua Lucy. Tu vas lui donner des idées. »

Nous le taquinions pour dissimuler notre peur mais Eliot savait que nous avions enregistré l'information. Il hocha la tête, satisfait, et accéléra.

« Si tu nous tues, dis-je dans un hoquet, il ne restera personne pour se souvenir de toi quand tu auras disparu. »

Quand nous sommes arrivés à Crowley End, il est parti se coucher directement, sans un mot. Lucy alla le voir un peu plus tard et me dit qu'il s'était endormi tout habillé, avec un étrange sourire. « Soûlons-nous », proposa-t-elle gaiement.

Elle s'allongea par terre devant le feu. « Parfois, je me dis que tout aurait été bien plus facile si je ne m'étais pas éloignée, dit-elle. Je veux dire, sur le bateau. »

Eliot rencontra son démon pour la première fois quand il terminait *L'Harmonie des sphères.* Il s'était querellé avec Lucy qui avait quitté la maison de poupée de la place du Portugal. (Quand elle revint vers lui, elle découvrit qu'en son absence, il n'avait pas jeté une seule bouteille de lait. Elles étaient alignées dans la cuisine, une pour chaque jour où Lucy et Eliot avaient été séparés, comme soixante-dix accusations.)

Une nuit, il se réveilla à trois heures, convaincu de la présence au rez-de-chaussée d'un être absolument maléfique. (Je me souvins de cette prémonition quand Lucy me raconta comment elle s'était réveillée à Crowley End, persuadée qu'il était mort.)

Il prit son couteau militaire suisse et descendit, complètement nu (comme Lucy le serait, elle aussi, plus tard), pour vérifier. Il y avait une panne d'électricité. Quand il s'approcha de la cuisine il frissonna, saisi par un froid arctique, et découvrit qu'il avait une érection. Puis toutes les lumières s'affolèrent, elles s'allumèrent et s'éteignirent, et il mit ses bras en croix en s'écriant, « *Apage me, Satanas* ». Arrière, Satan.

« Alors, tout est redevenu normal, me raconta-t-il. Et, sous la ceinture, tout mou.

— Tu n'as vraiment rien vu, dis-je, un peu déçu. Ni cornes, ni pieds fourchus. »

Eliot n'était pas l'hyperrationaliste qu'il prétendait être. Son incursion dans la magie noire dépassait la simple curiosité intellectuelle. Mais son côté brillant me fit prendre ce qu'il disait pour argent comptant. « Je suis seulement libre de tout préjugé, dit-il. Il y a plus sur la terre et dans le ciel, Horatio, etc. » A l'entendre, il était parfaitement rationnel de vendre une maison hantée à toute vitesse, même en y perdant de l'argent.

Notre amitié avait de quoi surprendre : j'aimais la chaleur, il préférait le temps humide et gris ; j'avais une moustache à la Zapata et des cheveux sur les épaules, il portait du tweed et du velours ; je m'intéressais au théâtre expérimental, aux relations inter-raciales et aux manifestations contre la guerre. Il passait ses week-ends dans le circuit des châteaux-relais à tirer le gibier. « Rien de tel pour remonter le moral de quelqu'un », disait-il, pour me faire marcher. « Exterminer nos amis à poil ou à plume, jouer son rôle dans la chaîne alimentaire. Rien de tel. » Il donna une fête quand Edward Heath remporta les élections de 1970 — *Un épicier chef du gouvernement,* titra un journal — et je fus le seul à y faire grise mine.

Qui sait pourquoi les gens deviennent amis ? Leur façon de bouger. De chanter faux.

Mais en ce qui concerne Eliot et moi, je le sais, vraiment. Cette bonne vieille magie noire. Pas l'amour, pas le chocolat Magie Noire, non, les sciences occultes. S'il m'est impossible de me débarrasser du souvenir d'Eliot, c'est peut-être parce que je sais que les séduisants arcanes dans lesquels Eliot Crane a perdu l'esprit ont failli me prendre moi-même au piège.

Pentacles, illuminés, Maharishi, Gandalf : la nécromancie faisait partie du *Zeitgeist,* du langage particulier de la contre-culture. Grâce à Eliot j'ai appris les secrets de la Grande Pyramide, les mystères du nombre d'or et les complexités de la spirale. Il m'enseigna la théorie du magnétisme animal de Mesmer *(Il existe une influence sensible entre les corps célestes, la terre et tous les corps animés. Un fluide universellement diffusé, incomparablement subtil, est le vecteur de cette influence. Il est soumis à des lois mécaniques qui ne nous sont pas encore familières)* et les quatre transes du spiritualisme japonais : *Muchu,* c'est-à-dire extase ou transport ; *Shissi, Konsui-Jotai,* ou coma ; *Saimin-Jotai,* état hypnotique ; et *Mugen no Kyo,* dans lequel l'âme quitte le corps et erre dans le Monde du Mystère. Grâce à Eliot, j'ai rencontré des hommes remarquables, au moins leurs esprits : G.I. Gurdjieff, auteur des *Récits de Belzébuth à son petit-fils* et gourou d'Aldous Huxley, Katherine Mansfield et J.B. Priestley, entre autres. Et aussi Raja Rammohun Roy et son Brahmo Samaj, courageuse tentative de synthèse des pensées indienne et anglaise.

Sous la tutelle informelle de mon ami, j'ai étudié la numérologie et la chiromancie et j'ai appris par cœur une formule magique indienne pour pouvoir voler. On m'a enseigné les versets qui évoquent Satan, *Shaitan*, et comment dessiner la forme qui maintiendra enfermée la Bête 666.

Je n'ai jamais eu beaucoup de temps à consacrer aux gourous mais, je l'avoue en rougissant, c'est ce qu'était Eliot. Un maître mystique à l'anglaise.

Lecteur : j'ai abandonné les cours. Je n'ai jamais connu le *Muchu* (encore moins le *Mugen no Kyo*), je n'ai jamais osé prononcer les formules faisant s'ouvrir les portes de l'Enfer, et je n'ai jamais sauté du haut d'une falaise, comme un apprenti sorcier yaqui, pour voler.

J'ai survécu.

Eliot et moi nous pratiquions l'hypnose l'un sur l'autre. Une fois, il m'imposa la suggestion post-hypnotique que, chaque fois qu'il prononcerait le mot « banane », je devrais immédiatement enlever tous mes vêtements. Le soir même, sur la piste de danse du club de Dingwall où nous étions avec Mala et Lucy, il me murmura sa malice fruitée à l'oreille. Les vagues grondantes chargées de sommeil roulèrent lourdement sur moi et, malgré tous mes efforts pour les repousser, je me mis malgré moi à me déshabiller. Quand mes mains descendirent la fermeture Éclair de mon jean, on nous flanqua tous à la porte.

« Dites, vous deux », fit Mala d'un ton réprobateur tandis que je me rhabillais près du canal, en jurant horriblement et en menaçant Eliot des pires vengeances, « vous devriez peut-être aller vous coucher ensemble et nous, nous rentrerions nous reposer à la maison ».

Était-ce cela ? Non. Peut-être. Non. Je ne sais pas. Non.

Quel tableau : le double portrait de deux hommes se trompant mutuellement. Eliot l'occultiste, faisant semblant d'être un érudit, et moi, plus prosaïque peut-être, à demi perdu dans un amour occulte.

Était-ce cela ?

Quand j'ai rencontré Eliot, j'étais moi-même un peu détraqué — je souffrais d'une disharmonie de mes sphères personnelles. Il y avait eu l'épisode de Laura et, au-delà, un grand nombre de questions difficiles sur l'identité et l'appartenance auxquelles j'étais absolument incapable de répondre. Je savais gré à Eliot de son intuition concernant Mala et moi. Je m'aperçus bientôt que chez moi, c'était chez les autres et, que, pour moi, l'enfer c'était elle.

Pas Martienne mais Mauricienne. C'était une enfant de la neuvième génération d'ouvriers agricoles sous contrat amenés d'Inde après l'exode des Noirs qui avait suivi l'abolition de l'esclavage. Chez eux — c'est-à-dire un petit village au nord de Port Louis dans lequel le plus grand édifice était un petit temple blanc à Vishnou — sa famille et elle parlaient une version du dialecte indien bhojpuri, créolisé au cours des années au point de devenir virtuellement incompréhensible aux Indiens non mauriciens. Elle n'était jamais allée en Inde et ma naissance, mon enfance et les liens que j'y avais gardés me rendaient stupidement fascinant à ses yeux, comme un visiteur venu de Xanadu. *Car il s'est nourri de nectar, Et a bu le lait du paradis.*

Même si elle était, comme elle le disait, « du côté de la science », elle s'intéressait à l'écriture et cela lui plaisait que j'essaie de devenir écrivain. Elle était fière du « Roméo et Juliette de l'île Maurice », ainsi qu'elle appelait le *Paul et Virginie* de Bernardin de Saint-Pierre ; et elle insistait pour que je le lise. « Ça t'influencera peut-être », disait-elle avec espoir. Comme les médecins, elle avait le cœur bien accroché et un grand sens pratique ; et moi, comme tous ceux qui sont « du côté de l'art », j'enviais sa connaissance de ce qu'était l'être humain à l'intérieur. Ce que je devais imaginer sur la nature humaine, elle semblait le connaître, de toute évidence. Elle ne parlait pas beaucoup mais avec elle, j'éprouvais le sentiment d'avoir trouvé un roc de stabilité. Et les marées sombres et chaudes de l'océan Indien montaient la nuit dans ses veines.

Ce qui l'agaçait, apparemment, c'était Eliot et mon intimité avec lui. Quand elle fut installée dans ma vie — nous passâmes notre lune de miel à Venise — cette gêne la lança dans ce qui était, pour elle, un très long discours. « Toutes ces superstitions grotesques », dit-elle d'un ton chargé du mépris de la science pour l'irrationnel. « Complètement dingue ! Écoute : il vient trop souvent te voir et ça ne te vaut rien. Qui c'est ce type ? Un Anglais paumé, voilà tout. Tu me suis, sahib écrivain ? Je lui suis reconnaissante de nous avoir présentés, et tout ça, mais maintenant tu devrais le laisser tomber comme une vieille chaussette.

— Il n'est pas anglais, ai-je répondu, stupéfait. Il est gallois.

— Peu importe, répliqua le docteur (Mme) Khan. Le diagnostic est le même. »

Mais dans l'immense entrepôt mental où Eliot emmagasinait des variétés du « savoir interdit » qu'il partageait généreusement, je croyais avoir trouvé un autre moyen de faire le lien entre ici et là-bas, entre mes deux altérités, ma double non-appartenance. Dans cet univers de magie et de puissance existait, me semblait-il, le genre de fusion des conceptions du monde, européenne, amérindienne, orientale, levantine, dans laquelle je voulais désespérément croire.

Avec son aide, j'espérais pouvoir me constituer un « moi interdit ». Le monde apparent, cynisme et napalm, me paraissait totalement dépourvu de bonté et de sagesse. Le royaume caché, où cheminaient côte à côte soufis et adeptes et où les grands secrets pouvaient être aperçus, me montrerait comment atteindre la sagesse. Cela me permettrait d'accéder — c'était le terme préféré d'Eliot — à l'harmonie.

Mala avait raison. Il était incapable d'aider quiconque, ce pauvre détraqué ; il ne pouvait même pas se sauver lui-même. A la fin, ses démons sont venus le chercher, son Gurdjieff, son Ouspensky, son Crowley, son

Blavatsky, son Dunsany et son Lovecraft. Ils délogèrent les moutons de sa colline galloise et lui fermèrent l'esprit.

L'harmonie ? Vous n'avez jamais entendu un tel tapage que le charivari déchaîné dans la tête d'Eliot. Les chants des anges de Swedenborg, les hymnes, les mantras, les chants tibétains. Quel esprit humain aurait pu se défendre contre une telle confusion babélienne où les théosophes discutaient avec les confucéens et les scientistes chrétiens avec les rosicruciens ? Il y avait là des dévots qui priaient pour la venue du Seigneur Maitreya ; des sorciers suceurs de sang qui jetaient des malédictions. Voyez s'avancer les millénaristes annonçant le jugement dernier ; et là, debout, Hitler en train de brandir sa croix gammée que dans son ignorance ou sa malignité il avait appelée *svastika,* le symbole du bien.

Dans la cohue qui assiégeait le malade de Crowley End, même celui que je préférais, Raja Rammohun Roy, n'était qu'une voix dans la foule cacodémoniaque.

Bang !

Et, enfin, le silence. *Requiescat in pace.*

Quand je suis arrivé au pays de Galles, Bill, le frère de Lucy, avait appelé la police et les pompes funèbres avant de passer héroïquement plusieurs heures dans la chambre d'amis à nettoyer le sang et la cervelle qui couvraient les murs. Assise dans la cuisine, vêtue d'une robe d'été, Lucy buvait du gin et affichait un calme effrayant.

« Tu veux regarder dans ses livres et ses papiers ? me demanda-t-elle, d'une voix douce et distante. J'en suis incapable. Il y a peut-être suffisamment de choses pour le Glendower. Quelqu'un pourrait peut-être le mettre en forme. »

Cela m'a pris presque une semaine, ces tristes fouilles dans l'héritage inédit de mon ami mort. J'ai senti qu'une page se tournait ; je commençais juste à devenir écrivain alors qu'Eliot cessait d'en être un. Bien qu'en réalité, comme je le découvris, il ne le fût plus depuis des années. Il n'y avait aucune trace d'un manuscrit sur

Glendower ni d'aucun travail sérieux. Il n'y avait que des extravagances.

Bill Evans avait rempli trois caisses des papiers d'Eliot tapés ou manuscrits. Dans ces délires, je trouvai des centaines de pages d'obscénités vagues et grandiloquentes et de divagations incohérentes contre l'univers en général. Eliot avait rempli des douzaines de carnets, dans lesquels il s'était inventé des avenirs personnels où il connaissait la célébrité et une renommée extraordinaire, ou encore différentes versions, marquées par l'auto-attendrissement, de la vie d'un génie ignoré mourant de maladies atroces ou assassiné par des rivaux jaloux ; ensuite, inévitablement, venait la reconnaissance d'un monde bourrelé de remords devant la grandeur de ce qu'il avait ignoré. Il avait noirci des rames de papier ; médiocres pages, hélas.

Mais il fut encore plus pénible de lire ses écrits fantasques sur nous, ses amis. Ils étaient de deux sortes ; hargneux ou pornographiques. On y trouvait de nombreuses attaques violentes contre moi, ainsi que des pages de délires lubriques concernant ma femme, Mala, « datées » des jours qui suivaient immédiatement notre mariage, sans aucun doute pour en augmenter l'effet auto-érotique. Et bien sûr, à d'autres périodes aussi. Les pages concernant Lucy étaient à la fois dégoûtantes et salaces. Je fouillai en vain les caisses pour y trouver une remarque tendre. Il était difficile d'admettre qu'un homme aussi passionné et aussi ardent n'ait rien de bon à dire à propos de son séjour sur terre. C'était pourtant le cas.

Je ne montrai rien à Lucy mais elle lut la vérité sur mon visage. « Ce n'était pas vraiment lui qui écrivait, me dit-elle machinalement pour me consoler. Il était malade. »

Je pensais savoir ce qui l'avait rendu malade ; aussi, je me jurai en silence de rester en bonne santé. Depuis lors, il n'y a plus eu le moindre rapport entre le monde spirituel et moi. Le « fluide magnétique » de Mesmer s'évapora à tout jamais au moment où je me plongeai dans les caisses putrides pleines des scories démentes de mon ami.

Eliot fut enterré comme il l'avait souhaité. A cause des circonstances de sa mort, on eut quelque difficulté à le faire ensevelir en terre consacrée, mais l'acharnement de Lucy persuada le clergé local de fermer les yeux.

Parmi ceux qui assistaient à la cérémonie, figurait un membre du Parlement, un conservateur, ancien camarade d'école d'Eliot. « Pauvre Elly, dit cet homme à haute voix. Jadis, nous nous demandions "*Que deviendra Elly Crane* ?", et je répondais : "*Il fera sans doute quelque chose d'à peu près correct de sa vie s'il ne se suicide pas auparavant.*" »

Ce monsieur est aujourd'hui membre du gouvernement, et sous la protection des services secrets. Je ne pense pas qu'il se soit rendu compte à quel point il a failli avoir besoin de protection (contre moi) un matin ensoleillé, au pays de Galles, il y a longtemps.

Mais cet éloge funèbre est le seul dont je me souvienne.

Au moment de nous quitter, Lucy m'a tendu la main. Nous ne nous sommes jamais revus. J'ai appris qu'elle s'était remariée rapidement et tristement, et qu'elle était partie vivre dans l'Ouest américain.

De retour chez moi, j'ai eu besoin de parler longuement. Mala m'a prêté une oreille compatissante. Finalement, je lui ai parlé des caisses de papiers.

« Tu l'avais percé à jour, inutile de me le rappeler, ai-je crié. Tu avais parfaitement compris sa façon de fonctionner. Tu te rends compte, il était si malade, si fou, qu'il a inventé toutes ces rencontres du genre dernier tango avec toi. Par exemple, juste après notre retour de Venise, pendant les deux jours que j'ai passés seul avec Lucy sur le *Bougainvillée*, et qu'il a dit qu'il devait aller écouter une conférence à Cambridge. »

Mala s'est levée et m'a tourné le dos, et, avant qu'elle

parle, j'ai deviné sa réponse, que j'ai senti exploser dans ma poitrine avec un craquement rauque, un bruit qui m'a rappelé la débâcle des trains de bois ou des glaces. C'est vrai, elle m'avait mis en garde contre Eliot Crane, elle m'avait mis en garde en le dénonçant avec une amère véhémence ; et moi, surpris par cette dénonciation, je n'avais pas entendu l'avertissement réel, je n'avais pas compris ce que signifiait sa véhémence. *Complètement dingue. Il ne te vaut rien.*

Et cela se produisit : l'effondrement de l'harmonie, la destruction des sphères de mon cœur.

« Il ne s'agissait pas de fables », dit-elle.

CHEKOV ET ZULU

1

Le 4 novembre 1984, Zulu disparut à Birmingham, et l'India House envoya Chekov, son ancien camarade de classe, à Wembley, rendre visite à sa femme.

« Adaabarz, Mme Zulu. Puis-je entrer ?

— Bien sûr, entrez, sahib a'joint, pourquoi tant de cérémonie ?

— Je suis désolé de vous déranger un dimanche, Mme Zulu, mais Zulu vous a-t-il appelé ce matin ?

— Moi ? Depuis quand il m'appelle quand il est en voyage officiel ? Pourquoi passer un coup de fil alors qu'il doit probablement s'amuser ?

— Hou ! là ! là ! c'est un point sensible, excusez-moi. J'ai vraiment le chic pour les gaffes de ce genre.

— Mais asseyez-vous donc, prenez une tasse de thé.

— C'est drôlement bien arrangé chez vous, Mme Zulu, hou ! là ! là ! Quel goût, super ! Tout ce verre taillé ! Ce sacré Zulu doit être drôlement bien payé, plus que votre pauvre serviteur.

— Non, comment est-ce possible ? L'a'joint du tankha doit toucher bien plus que le chef de la sécurité.

— Je ne pensais pas à mal, *ji.* C'est seulement pour dire que vous devez savoir flairer les bonnes affaires.

— Il y a problème ?

— Pardon ?

— *Arré, Jaisingh* ! Où est-ce que tu dormais ? Le sahib attend son thé. Et des biscuits, et des jabelis, tu ne peux pas penser à deux choses à la fois ? Dépêche, notre hôte attend.

— Mais non, Mme Zulu, je ne veux pas vous déranger.

— Pas de dérangement, sahib a'joint, mais ce garçon il fait plus rien depuis qu'il est rentré de chez lui. Des jours de congé, la télé dans sa chambre, et même la paie en livres sterling, il veut tout. De si loin on l'a ramené, aucune reconnaissance, qu'est-ce que vous voulez que je vous dise, ri-en.

— Ah ! Jaisingh ; merci. Excellents, vos biscuits, Mme Zulu. Merci. »

Sur le poste de télévision et sur des étagères disposées autour, il y avait la collection des principaux personnages de *Star Trek* : le capitaine Kirk et Spock, des maquettes du vaisseau spatial — un oiseau de proie klingon, un vaisseau de Romual, une station spatiale et bien sûr le vaisseau *Entreprise.* A la place d'honneur trônaient plusieurs grandes figurines des principaux personnages de la série.

« Ces vieux surnoms de l'école Doon, s'écria joyeusement Chekov. Ils nous collent à la peau comme du chewing-gum. Dumpy, Stumpy, Grumpy, Humpy*. Ils ont remplacé nos noms. Comme pour nous les noms de notre intrépide cosmonaute.

— J'aime pas ça. Ce "Mme Zulu" dont j'ai hérité. On dirait une négresse !

— Soyez-en fière, begum sahib. Nous sommes de vieux camarades, votre mari et moi ; depuis notre plus tendre enfance, peut-être vous en a-t-il parlé ? D'intrépides diplonautes. Notre énième mission pour explorer de nouveaux mondes et de nouvelles civilisations. Regardez nos alter ego posés sur la télé, Ruskoff avec son air asiatique et le Chinetoc. Pas les chefs comme vous le remarquerez, mais les techniciens les plus modestes. "Cap fixé !" "Fréquences d'approche libres !" "Amarrez le facteur trois !" Qu'aurait été ce capitaine orgueilleux sans

* Bouboule, Tom-Pouce, Grincheux, Bossu. *(N.d.T.)*

son équipage de spécialistes ? Ainsi que notre bon vaisseau Hindoustan ? Nous sommes aussi de modestes techniciens, vous voyez, tout comme votre orgueilleux Jaisingh. Et plus indispensables que jamais dans la pénible crise actuelle, quand il faut éviter le tangage, servir le thé et les jalebis envers et contre tout. Nous ne sommes pas à la barre mais dans les soutes. Sans nous, pas de cap fixé, pas de fréquence d'approche libre. Pas de facteur amarré.

— Alors il est en difficulté, votre Zulu ? Comme si aujourd'hui on n'avait pas déjà assez d'ennuis ! »

Sur le mur derrière le poste de télé, il y avait une photo d'Indira Gandhi dans un cadre orné d'une guirlande. Elle était morte mercredi. La télé avait diffusé pendant des heures les images de la crémation. Les pétales de fleurs, les flammes aveuglantes, insupportables.

« C'est difficile à croire. Indiraji ! Les mots nous manquent. C'était notre mère. Ha ! ha ! Fauchée dans la force de l'âge.

— A la radio et à la télé, on en raconte des histoires sur ce qui se passe à Delhi. Des meurtres, sahib a'joint. Nos braves Sikhs assassinés, comme s'ils étaient tous coupables des crimes de ces deux sales gardes.

— La communauté sikh a toujours été considérée comme loyale envers la nation, remarqua Chekov. L'épine dorsale de l'armée, sans parler des compagnies de taxis de Delhi. Des supercitoyens pourrait-on dire, apparemment mariés à l'idée nationale. Mais maintenant on remet en question ces idées, vous devez le reconnaître ; il y a ceux qui vont désigner le peigne, le bracelet, le poignard comme les marques de l'ennemi intérieur.

— Qui oserait dire ça de nous ? Une si vilaine chose.

— Je sais. Je sais. Mais prenez Zulu. Le hic, c'est qu'il n'a aucun travail connu. Il a disparu de la circulation, begum sahib. Absent sans autorisation depuis l'assassinat. Aucun contact depuis plus de deux jours.

— Oh, mon Dieu !

— Au quartier général, certains pensent qu'il pourrait être en relation avec les assassins. Qui, selon toute vraisemblance, avaient établi des liens avec la communauté sikh en Angleterre.

— Oh, mon Dieu !

— Naturellement, je m'oppose énergiquement à ceux qui soutiennent cette thèse. Mais vous devez vous rendre compte que son absence le condamne. Nous n'avons pas peur de ces misérables wallahs du Khalistan. Mais ce sont des brutes. Et avec ce que Zulu avait appris sur eux, et son passé à la sécurité... Ils ont menacé de commettre d'autres attentats, vous le savez. Vous le savez assurément. Comme le diraient certains, vous ne le savez que trop bien.

— Oh, mon Dieu !

— Il se peut, dit Chekov en mangeant son jalebi, que Zulu soit allé hardiment là où aucun diplonaute indien n'est jamais allé auparavant. »

L'épouse pleurait. « Même ce nom stupide que vous dites toujours de travers. C'était avec un "S". "Sulu". J'ai vu tellement d'épisodes, vous croyez que je ne le sais pas ? Kirk Spock McCoy Scott Uhura Chekov *Sulu*.

— Mais Zulu est un meilleur nom pour celui que certains prétendent être un sauvage, répliqua Chekov. Pour quelqu'un soupçonné d'être un sauvage. Pour un traître putatif. Merci pour cet excellent thé. »

2

En août, Zulu, géant solide et timide, avait rencontré Chekov en descendant de l'avion de Delhi. A trente-trois ans, Chekov était un petit homme mince et coquet, vêtu d'un pantalon de flanelle grise, d'une chemise à col dur et d'un blazer croisé bleu marine avec des boutons de cuivre. Il avait des sourcils comme des ailes de chauve-souris et une mâchoire proéminente et pugnace, aussi sa voix cultivée et sa façon de parler très douce avaient-elles quelque chose de surprenant, et désarmaient ceux qui, à cause de ses sourcils et de son menton, s'attendaient à une personnalité beaucoup plus agressive. C'était un ambitieux qui savait déjà quelle petite ambassade il visait. Le poste de numéro deux à Londres, bien que strictement temporaire, était son dernier fromage.

« Ho ! Zools ! Ça fait des années, des années, dit Chekov, en donnant une claque amicale sur la poitrine de l'autre homme. Alors, ajouta-t-il, je vois que tu es devenu une fée à barbe. » Le jeune Zulu avait été un Sikh moderne question cheveux — à dix-huit ans il portait une fine moustache, mais pas de barbe, et des cheveux coupés au lieu des longues tresses enroulées sous un turban. Cependant, aujourd'hui, il était revenu à la tradition.

« Salut, ji, répondit prudemment Zulu. Tu crois que c'est bien de nous parler comme autrefois ?

— Quelle question ! Je préfère ça, dit Chekov en tendant à Zulu ses sacs et ses tickets à bagages. L'esprit d'*Entreprise* et tout le bazar. »

Chekov, qui était le plus policé des hommes dans sa vie publique, aimait en privé se mettre dans des fureurs interculturelles. Peu de temps après avoir pris son nouveau poste, il était assis avec Zulu à l'heure du déjeuner sur un banc d'Embankment Gardens et désignait les passants d'un signe de tête.

« Escrocs, dit-il, à voix basse.

— Où ? s'écria Zulu en se levant avec souplesse. Est-ce que je dois les poursuivre ? »

Des têtes se tournèrent. Chekov saisit l'ourlet de la veste de Zulu et l'obligea à se rasseoir. « Ne joue pas au héros, lui reprocha-t-il d'une voix affectueuse. Je parlais de tout le monde, en général ; des voleurs, autant qu'ils sont. Mon Dieu, comme j'aime Londres ! Théâtre, danse, opéra, restaurants ! La tribune d'honneur au Lord's les samedis de match international de cricket ! Les canards royaux sur l'étang royal dans le parc royal de Saint James ! De bons tailleurs, de bons mixed-grills quand on le désire, de bons magazines ! Je vois les restes de la grandeur et je n'ai pas honte de te dire que ça m'impressionne. L'Athenaeum, Buck House, les lions de Trafalgar

Square. Ça me fait un effet ! Je suis allé à une réunion avec le secrétaire d'État au Foreign and Commonwealth Office et je me suis rendu compte que j'étais dans l'ancien India Office. Tout ce teck noir de la John Company, ces défenses d'éléphant sur les bibliothèques anciennes. Ça m'a fait un sacré choc ! Je les applaudis pour leur réussite : bravo ! Mais quand je regarde mon propre pays, je vois qu'il a été pillé par des voleurs. J'avoue que ça m'attriste.

— Je suis désolé d'apprendre ce que tu as perdu, dit Zulu en fronçant les sourcils. Mais les coupables ne sont sûrement pas dans les parages.

— Zulu, Zulu, façon de parler, mon prince guerrier et nigaud. Leurs musées sont pleins de nos trésors. Leurs fortunes et leurs villes sont bâties sur le butin qu'ils ont emporté. Et ainsi de suite. On pardonne bien sûr ; c'est dans notre nature. Mais on ne doit pas oublier. »

Zulu montra un clochard qui dormait sur un banc, avec un manteau et un chapeau troués. « Est-ce qu'il nous a volé quelque chose lui aussi ? demanda-t-il.

— N'oublie jamais, dit Chekov en agitant le doigt, que la classe ouvrière britannique a collaboré au projet colonial pour son propre bénéfice. Par exemple, les ouvriers des filatures de coton de Manchester ont soutenu la destruction de notre industrie du coton. En tant que diplomates, nous ne devons jamais attirer l'attention sur de telles choses ; mais, quoi qu'il en soit, les faits demeurent.

— Mais un mendiant, ce n'est pas la classe ouvrière, répliqua Zulu d'un ton pondéré. À coup sûr, ce pauvre type au moins n'est pas notre oppresseur.

— Zulu, dit Chekov d'un ton exaspéré, ne sois pas aussi connement subtil. »

Chekov et Zulu allèrent en bateau sur la Serpentine et Chekov enfourcha de nouveau son cheval de bataille. « Ils nous ont volés, dit-il, coiffé d'un canotier et sirotant du champagne, allongé sur les coussins à rayures tandis que Zulu ramait comme un sportif. Et maintenant, nous rentrons dans nos biens. C'est une situation comparable à celles des marbres d'Elgin*.

— Tu devrais être un peu plus satisfait, répondit Zulu, en remontant les avirons et en buvant un Coca. Tu devrais être moins revendicatif, moins mécontent. Je n'en ai pas autant et ça me suffit. Regarde ce que tu as ! C'est bien assez. Assieds-toi et profites-en. Le soleil brille. Le livre de la période coloniale est refermé.

— Si tu ne veux pas de ce sandwich, donne-le-moi, répondit Chekov. Avec mon extrémisme naturel je n'aurais pas dû être diplomate. J'aurais dû être terroriste.

— Mais dans ce cas, nous aurions été ennemis, dans des camps opposés, protesta Zulu, et brusquement de vraies larmes lui montèrent aux yeux. Notre amitié ne représente-t-elle rien pour toi ? Ni mes responsabilités dans la vie ? »

Chekov en fut décontenancé. « Très juste, mon vieux Zools. Très juste. Tu ne peux pas t'imaginer à quel point j'étais heureux quand j'ai appris que nous allions nous retrouver à Londres. Rien ne vaut ces amitiés d'enfance, hein ? Rien au monde ne peut les remplacer. Mais écoute-moi, empoté, arrête de faire cette tête-là. Je ne le permettrai pas. Un grand garçon comme toi ! Tu ne vas pas à te mettre à chialer. Des frères de sang, mon vieux, qu'est-ce que tu en dis ? Tous pour un, un pour tous.

— Des frères de sang, dit Zulu avec un pauvre sourire.

— Alors, en avant, répondit Chekov en hochant la tête et en s'allongeant sur ses coussins. Au service du pouvoir. »

Le jour où Mme Gandhi fut assassinée par ses gardes du corps sikhs, Zulu et Chekov jouaient au squash dans un club privé à St John's Wood. Au vestiaire, après la douche, Chekov, dont les cheveux grisonnaient avant l'âge, haletait encore péniblement, une serviette autour

---

* Ainsi nommés à cause du comte Elgin qui, au XIXe siècle, rapporta de nombreuses sculptures du Parthénon au British Museum. *(N.d.T.)*

de sa taille qui s'arrondissait, car il n'aimait pas montrer son pénis rouge et ratatiné par la fatigue ; Zulu, qui exhibait fièrement sa nudité et sa grosse queue, secoua sa belle crinière noire qu'il caressa et peignit avec une sensualité féminine avant de la tordre rapidement pour en faire un chignon.

« Formidable, Zulu. Fataakh ! Fataakh ! Quel coup de raquette. Tu es trop fort pour moi.

— Vous, avec vos commandes automatiques, vous avez perdu la forme. Autrefois, tu étais toujours prêt.

— Ouais, ouais, j'ai plus l'âge. Mais tu n'avais qu'un an de moins que moi.

— J'ai mené une vie plus pure, ji — l'action pas les mots.

— Tu comprends que nous allons devoir salir ta réputation », murmura Chekov d'une voix douce.

Zulu se tourna lentement devant un miroir en pied, dans une pose de culturiste.

« Il faut que ça ressemble à un coup d'épate. Si ça tourne mal, il est essentiel de pouvoir nier. Même ta femme ne doit pas soupçonner la vérité. »

Zulu étendit les bras et les jambes, faisant de son corps un X géant, et s'étira jusqu'aux limites de ses forces. Puis il se mit au garde-à-vous. Chekov eut l'air de perdre patience.

« Zools ? Que dis-tu ?

— Le vaisseau est-il prêt ?

— Allez, fais pas le trou du cul.

— Avec votre respect, monsieur Chekov, c'est mon cul. Et maintenant : le vaisseau est-il prêt ?

— Vaisseau prêt.

— Alors, mettez en vitesse de distorsion. »

Mémoire de Chekov, classé top secret, à lire seulement, et adressé à « JTK » (James T. Kirk).

Je recommande fortement l'abandon de l'opération Startrek. Envoyer un employé de la Fédération originaire de Klingon, sans armes, pour espionner une cellule de Klingon est la forme la plus brutale d'épreuve de loyauté. L'agent en question n'a jamais manifesté aucune déviation idéologique de quelque sorte que ce soit, et il mérite mieux, même dans le climat actuel de violence, d'hystérie et de peur. S'il ne réussit pas à convaincre les Klingons de sa bonne foi, il peut s'attendre à être sérieusement maltraité. Ce ne sont pas des preneurs d'otages.

L'entreprise dans sa totalité est mal conçue. La population klingon installée localement n'est pas le problème central. Même si nous réussissions, les renseignements que nous pourrions glaner sur des personnages plus importants là-bas seraient à coup sûr d'une précision insuffisante et d'une valeur limitée. Nous devrions informer le Starfleet Command de prendre en compte de façon urgente les doléances et les aspirations du peuple klingon. Si on ne les traite pas selon le droit et la justice, il ne pourra y avoir de paix durable.

Réponse de JTK :

Votre intimité avec l'individu en question excuse ce qui sans cela est un document violemment communaliste. Ce n'est pas à vous de définir l'intérêt national ni de déterminer quelles opérations clandestines doivent être menées. Votre rôle consiste à rendre possibles de telles opérations, à fournir une couverture quand cela est nécessaire. Comme faveur personnelle à votre égard et au nom de ma longue amitié avec votre éminent papaji, j'ai détruit votre dernier rapport sans en garder de copie et je vous suggère d'en faire autant. Détruisez également la présente.

Chekov demanda à Zulu de le conduire à Stratford pour assister à une représentation de *Coriolan*.

« Combien de gosses maintenant ? Trois ?

— Quatre, répondit Zulu. Quatre garçons.

— Par la grâce de Dieu. Ce doit être une excellente femme.

— J'ai le cœur rempli, dit Zulu, avec une émotion soudaine. Une maison remplie, un ventre rempli, un lit rempli.

— Sacré veinard, dit Chekov. Toujours eu le sang chaud. Pas moi. Les reptiles, certaines espèces de dinosaures et moi. Je suis disponible sur le marché de l'épouse, à propos, si tu connais des candidates convenables. A un certain moment, le célibat est un obstacle à la carrière. »

Zulu conduisait de façon étrange. Dans la file de gauche pour véhicules lents, alors qu'ils approchaient d'une sortie, il accéléra pour monter à cent cinquante à l'heure. Quand ils eurent dépassé la bretelle, il ralentit. Chekov remarqua qu'il changeait continuellement de vitesse et de file. « Ce vieux tape-cul n'a pas de contrôle de vitesse de croisière ? demanda-t-il. Parce que, mon pote, ce genre de performance ne marcherait pas sur le pont du vaisseau amiral de la Fédération unie des planètes.

— Antisurveillance, répondit Zulu. Semer les poursuivants. »

Chekov, inquiet, regarda par la fenêtre arrière.

« On a été repérés ?

— Pas de quoi s'inquiéter, dit Zulu amusé. Il vaut mieux prévenir que guérir, c'est tout. Il faut toujours anticiper le pire des scénarios. »

Chekov se réinstalla sur son siège. « Tu aimais les jouets et les jeux », dit-il. Zulu avait été champion au tir à la carabine, champion de lutte à l'école, et excellent escrimeur. « A chaque distribution des prix, dit Zulu, je restais assis dans la salle et j'applaudissais pendant que tu te levais pour tous les prix. Anglais, histoire, latin, prix d'excellence. Applaudissements. Trimestre après trimestre, année après année. Mais à la fête des sports, c'était mon tour. Et aujourd'hui, j'ai eu droit à mes récompenses.

— Tu es en train de te bâtir une vraie réputation, si j'en crois la rumeur. »

Il y eut un silence. L'Angleterre défilait à toute vitesse.

« Tu aimes Tolkien ? demanda Zulu.

— Je n'aurais pas cru que tu étais un grand lecteur, dit Chekov, stupéfait. Sans vouloir t'offenser.

— J.R.R. Tolkien, dit Zulu. *Le Seigneur des anneaux*.

— Ma foi, je n'ai pas lu ce monsieur. J'ai entendu parler de lui, bien sûr. Des elfes et des lutins. J'aurais pensé que ce n'était pas du tout ton genre.

— C'est à propos d'une guerre à mort entre le Bien et le Mal, dit Zulu avec conviction. Et pendant que se déroule cette grande guerre, il y a une partie du monde, le Shire, dans laquelle personne ne sait ce qui se passe. Les hobbits qui vivent là travaillent, se querellent, s'amusent, et ils n'ont pas la moindre idée des forces qui les menacent, ni de celles qui vont leur permettre de sauver leurs petites peaux. » L'impétuosité lui avait empourpré le visage.

« Tu parles de moi, je suppose, dit Chekov.

— Je suis un soldat dans cette guerre, poursuivit Zulu. Si tu restes assis derrière un bureau, tu ignores totalement ce qu'est le monde réel. Le monde de l'action, ji. Le monde des actes, des choses qui s'accomplissent et peut-être aussi échouent. Le monde de la vie et de la mort.

— Seulement dans le pire des cas, remarqua Chekov hésitant.

— Est-ce que je t'ai dit comment il fallait faire pour être un lèche-cul de première ? s'emporta Zulu. Alors tu ne vas pas m'apprendre mon métier. »

Les soldats qui vont au combat ont l'habitude de s'échauffer, Chekov le savait. Cette façon de se frapper la poitrine avant la bataille était explicable, on devait comprendre. « Quand décampes-tu ? demanda-t-il calmement.

— Chekov ji, tu ne me verras pas partir. »

Ils s'approchaient de Stratford. « Savais-tu, ji, demanda Zulu comme pour s'excuser, que la carte du Middle-earth de Tolkien correspond parfaitement au centre de l'Angleterre et du pays de Galles ? Les pays des fées sont peut-être tous ici, au milieu de nous.

— Tu es un malin, mon vieux Zools, dit Chekov. C'est ton jour de révélations aujourd'hui. »

Chekov avait invité quelques personnes à dîner dans sa résidence modern style, dans une allée privée de

Hampstead : un très important homme d'affaires à qui il faisait la cour, des journalistes qu'il aimait, de célèbres amoureux de l'Inde, des Indiens non résidents en vogue. On parlait politique comme d'habitude. Nul ne devait soupçonner que l'horrible événement avait fait dérailler le vaisseau de l'État : le nouveau capitaine, rêvassait Chekov, était lui-même ancien pilote*. Comme si un Sulu, un Chekov, avaient soudain été promus au siège de « commander ».

Bien difficile de faire tout cela sans une femme pour jouer le rôle d'hôtesse, grognait-il intérieurement. Les plus belles assiettes dorées au centre desquelles se dressait le lion à plusieurs têtes, le cristal le plus pur, le menu, les vins. L'India House avait fourni du personnel afin de l'aider, mais ce n'était pas la même chose. Le secret d'une soirée réussie, comme Dieu, tenait aux détails. Chekov se mêlait du service et se faisait du mauvais sang.

La soirée se déroula parfaitement. Au moment du cognac, Chekov risqua même une note plus sombre. « L'Angleterre a toujours été une pépinière pour nos révolutionnaires, dit-il. Qu'aurait été le Pandit Nehru sans Harrow** ? Ou Gandhiji sans son expérience formatrice ici ? Même l'idée du Pakistan a été imaginée par de jeunes radicaux à l'université dans ce pays qu'à l'époque, on nous demandait de considérer comme la mère Patrie. Maintenant que le Statut de l'Angleterre a décliné, je suppose qu'il est logique que la qualité des révolutionnaires qu'elle abrite ait chuté elle aussi. Les Kashmiris ! Rien à espérer de ce côté-là. Et quant à ces types du Khalistan, n'allez pas leur faire croire que leur odieux forfait a fait avancer leur rêve d'une seule journée. Bien au contraire. Bien au contraire. Nous allons éradiquer leur mouvement et les réduire en — quel est le mot exact ? — *capilotade*. »

---

* Rajiv Gandhi qui remplaça sa mère Indira était un ancien pilote de ligne. *(N.d.T.)*

** Célèbre public school anglaise. *(N.d.T.)*

A sa grande surprise, il parlait fort et s'était levé. Il se rassit brusquement et se mit à rire. Un ange passa.

« Ce qu'il y a de drôle à propos de mon foutu surnom, glissa-t-il rapidement à sa voisine de table, l'épouse incroyablement jeune et séduisante du très grand homme d'affaires septuagénaire, c'est qu'à l'époque nous n'avions vu aucun épisode de la série télévisée. Il n'y avait pas de télévision pour la voir, vous comprenez. Tout cela n'était qu'une légende venue des États-Unis et de Grande-Bretagne jusqu'à notre merveilleuse station de montagne de Dehra Dun.

« Au bout d'un certain temps, nous avons reçu quelques versions romancées en livres de poche et nous nous les passions comme s'il s'était agi de romans porno du genre *Lady Chatterley*. Nous avons été nombreux à essayer les noms pour voir s'ils nous allaient mais deux seulement sont restés ; sans doute parce qu'ils semblaient aller ensemble et que nous nous entendions bien tous les deux, même s'il était plus jeune que moi. Un garçon adorable. Alors, comme Laurel et Hardy, nous avons été Chekov et Zulu.

— L'amour et le mariage, dit la femme.

— Pardon ?

— Vous savez bien, répondit-elle. Aller ensemble, c'est comme le lait et la soupe. Ou une voiture et un garage. J'aime les chansons anciennes. La-la-la-quelque-chose-mon-frère, tu ne peux pas t'amuser sans que je pense que c'est ta mère.

— Ah oui, maintenant je me souviens », dit Chekov.

3

Trois mois plus tard, Zulu téléphona à sa femme.

« Oh ! mon Dieu, où avais-tu disparu, es-tu mort ?

— Écoute-moi s'il te plaît, mon bivi. Écoute-moi bien, ma femme, mon seul amour.

— Oui. D'accord. Je suis calme. Mais la ligne est mauvaise.

— Appelle Chekov et dis-lui état rouge.
— Arré ! Qu'est-ce qu'il a ton état ?
— S'il te plaît. État rouge.
— Oui. D'accord. Rouge.
— Dis-lui que les Klingons sentent peut-être des choses.
— Les Clinton sentent peut-être quelque chose. Qu'est-ce que ça veut dire ?
— Ma chérie, je t'en prie.
— J'ai tout noté. Avec ce crayon, j'ai écrit ce que tu m'as dit, les deux choses.
— Dis-lui qu'il demande à Scotty de se brancher sur mon signal et de m'envoyer un rayon.
— Quels enfantillages ! A ton âge, tu ne peux pas laisser tomber ce jeu imbécile ?
— Bivi. C'est urgent. *De m'envoyer un rayon.* »

Chekov partit aussi sec en voiture. Il appliqua les instructions concernant les filatures ; il fit deux fois le tour des sens giratoires, grilla les feux rouges, se trompa volontairement de rue, s'arrêta, fit demi-tour, tourna aussi souvent que possible à droite pour voir si quelque chose le suivait dans le flot de la circulation, et, sur l'autoroute, conduisit comme Zulu. Quand il fut certain dans la mesure du possible de n'être pas suivi, il se dirigea vers le lieu de rendez-vous. « Retourne Len Deighton, se dit-il, et donne les nouvelles à Le Carré. »

Il quitta l'autoroute et s'arrêta sur une aire de stationnement. Un homme apparut entre les arbres, il avait l'air de sortir de son bain et de s'être mis sur son trente et un, il souriait, l'air embarrassé. C'était Zulu.

Chekov descendit de voiture, prit son ami dans ses bras et l'embrassa sur les deux joues. La barbe de Zulu lui piqua les lèvres. « Je m'attendais à ce qu'il te manque un bras, ou à ce que tu perdes ton sang par une blessure par balle, ou au moins que tu aies un œil au beurre noir, dit-il. Au lieu de cela, tu es habillé comme pour aller au théâtre, il ne te manque que la cape et la canne.

— Mission accomplie, répondit Zulu et tapotant la poche de sa veste. Tout est là en bonne et due forme.

— Alors quel était cet "état rouge", bakvaas ?

— Le pire des scénarios, dit Zulu, ne se matérialise pas toujours. »

Dans la voiture, Chekov examina les noms, les lieux et les dates que contenait l'enveloppe kraft de Zulu. Les renseignements étaient supérieurs à ce que tout le monde attendait. Depuis le bas-côté de cette aire de stationnement anonyme des Midlands, une lumière se répandait sur certains villages éloignés et des ruelles perdues du Pendjab. Il y aurait une rafle et, au moins pour quelques voyous, plus d'ombre pour se cacher.

Il émit un petit sifflement d'admiration.

Sur le siège du passager, Zulu inclina la tête : « Il vaudrait mieux s'en aller maintenant, dit-il. Ne tentons pas le destin. »

Ils roulèrent vers le sud en traversant le comté.

Peu de temps après avoir quitté l'autoroute, Zulu dit : « Tu sais, je raccroche. »

Chekov arrêta la voiture. A gauche, entre les maisons, on voyait les deux tours du stade de Wembley.

« Qu'est-ce que ça veut dire ? Ces extrémistes ont réussi à te faire changer d'avis ou quoi ?

— Chekov, ji, ne dis pas de bêtises. Qui a besoin d'extrémistes quand il y a des assassinats à Delhi ? Des centaines, peut-être des milliers. Des Sikhs scalpés et brûlés vifs devant leur famille. Des petits garçons aussi.

— Nous le savons.

— Alors, ji, nous savons aussi qui était derrière.

— Il n'y a pas le moindre début de preuve, dit Chekov en reprenant la ligne officielle.

— Il y a des témoins oculaires et des photos, dit Zulu. Nous le savons.

— Il y a ceux qui pensent, déclara lentement Chekov, qu'après Indiraji, les Sikhs n'ont que ce qu'ils méritent. »

Zulu se raidit.

« Tu me connais mieux que ça, j'espère, ajouta Chekov.

Zulu pour l'amour de Dieu, allons. Toutes nos putains de vies.

— Aucun membre du Congrès n'a été inculpé, remarqua Zulu. Malgré toutes les preuves de complicité. Par conséquent, je démissionne. Tu devrais en faire autant.

— Si tu es devenu rigoriste à ce point, s'écria Chekov, pourquoi me transmettre ces listes ? Tant qu'à faire quelque chose, mets le paquet !

— Je suis pour la sécurité, dit Zulu en ouvrant la portière. L'ennemi de tous les terroristes. Ce qui apparemment n'est pas ton cas dans toutes les circonstances.

— Reviens Zulu, bordel, hurla Chekov. Et ta carrière, tu t'en fous ? Une femme et quatre gosses à charge. Et tes vieux copains ? Est-ce que tu vas me tourner le dos ? »

Mais Zulu était déjà trop loin.

Chekov et Zulu ne se revirent jamais. Zulu s'installa à Bombay et, comme la demande de protection du secteur privé augmentait dans cette ville en plein boom, ses sociétés, le Bouclier Zulu et la Lance Zulu, prospérèrent et se développèrent. Il eut trois autres enfants, des garçons, et il est toujours heureux en ménage aujourd'hui.

Quant à Chekov, il ne prit jamais de femme. Cependant, malgré ce prétendu handicap, il réussit très bien dans la profession qu'il avait choisie. Son ascension rapide se poursuivit. Mais un jour, en mai 1991, il se trouva par hasard faire partie de l'entourage qui accompagnait M. Rajiv Gandhi à Sriperumbudur, un village du sud où Rajiv devait prendre la parole lors d'un meeting électoral. La sécurité était relâchée, volontairement. Rajivji pensait que lors des élections précédentes, les exigences de la sécurité avaient placé une barrière entre lui et les électeurs. Il avait décidé qu'à cette occasion, les électeurs devraient pouvoir se sentir proches de lui.

Après les discours, le groupe qui entourait Rajiv descendit du podium. Chekov, qui se trouvait à quelques pas derrière Rajiv, vit une petite femme tamoule qui s'avançait en souriant. Elle prit la main de Rajiv et ne la lâcha pas. Chekov comprit ce qui la faisait sourire, et cette certitude était si forte qu'elle arrêta le temps lui-même.

Parce que le temps s'était arrêté, Chekov put faire en son for intérieur un certain nombre d'observations. « Ces révolutionnaires tamouls, remarqua-t-il, ne sont pas des "retours d'Angleterre". Finalement, nous avons appris à avoir une production nationale et nous n'avons plus besoin d'importer. Et les banalités de fin de repas volent en éclats pour ainsi dire. » Puis, de façon moins théorique, il pensa : « La tragédie, ce n'est pas de savoir comment on est mort. Mais comment l'on a vécu. »

Le décor autour de lui disparut, il se fondit dans un bain de lumière, et il fut remplacé par le pont du vaisseau spatial *Entreprise*. Tous les personnages principaux étaient à leur poste, Zulu assis devant à côté de Chekov.

« Les boucliers ne sont plus opérants », disait Zulu. Sur l'écran principal, ils voyaient l'oiseau de proie de Klingon qui se démasquait, prêt à frapper.

« Un coup direct et nous sommes fichus, s'écria le Dr McCoy. Pour l'amour de Dieu, Jim, sors-nous d'ici.

— Illogique, remarqua le premier officier Spock. La dégradation de notre conduite de cristal dilithium rend la vitesse de distorsion inutilisable. Avec seulement l'impulseur de puissance nous ne réussirons pas à échapper à l'oiseau de proie. Notre seule solution logique est une reddition sans conditions.

— Nous rendre à un Klingon ! s'écria McCoy. Bon sang, espèce de machine à calculer à sang froid et à oreilles pointues, tu ne sais donc pas comment ils traitent leurs prisonniers ?

— Banques de phases complètement épuisées, signala Zulu. Aucune capacité offensive.

— Devrais-je essayer de contacter le capitaine klingon, monsieur ? demanda Chekov. Ils peuvent tirer à tout moment.

— Merci, M. Chekov, dit le capitaine Kirk. Je crois que ce ne sera pas nécessaire. Le pire scénario est celui que nous sommes obligés de jouer. Gardez notre position. Continuons ainsi.

— L'oiseau de proie a tiré, monsieur », annonça Zulu.

Chekov prit la main de Zulu et la serra très fort, victorieusement, tandis que les balles de feu mortel s'approchaient de plus en plus vite.

MONSIEUR MACHIN

1

Mary-mais-oui-mais-oui était la plus petite femme que Machin, le concierge, eût jamais vue, hormis les naines, une minuscule Indienne de soixante ans, aux cheveux gris attachés derrière la tête en un chignon lisse. Elle relevait son sari bordé de rouge et attaquait l'escalier de son immeuble comme si elle allait escalader les Alpes. « Mais non, pas Alpes », dit-il à haute voix, en fronçant les sourcils. Quelles chaînes de montagnes y avait-il en Inde ? Pardi ! Il le tenait, le nom. « Les Ghats », lança-t-il fièrement. Un mot rescapé d'un atlas de sa lointaine enfance, quand l'Inde lui semblait aussi inaccessible que le paradis. (Aujourd'hui, le paradis semblait encore plus éloigné que l'Inde et l'enfer s'était brusquement rapproché.) « Ghats de l'Ouest, Ghats de l'Est, et maintenant Ghats de Kensington », conclut-il en gloussant. « Des montagnes. »

Elle s'arrêta devant lui dans l'entrée aux boiseries de chêne. « Mais en Inde "ghats" veut aussi dire echcaliers, répondit-elle. Mais-oui-mais-oui. Tenez, dans la ville chainte hindoue de Varanachi, où les brahmanes rechtent achis et récoltent l'argent des pèlerins, il y a le Dachashwamedh-ghat. Grand-grand-echcalier qui va jusqu'au Gange, en bas. Oh ! mais-oui-mais-oui ! Il y a auchi le Manikarnika-ghat. On achète du feu dans une maison avec un tigre qui bondit du toit — mais-oui-mais-oui, une chtatue de tigre, en Technicolor, qu'echt-ce que vous croyez ? — et on l'apporte dans une boîte pour allumer les défunts. Les bûchers pour les morts chont en bois de chantal. On n'a pas le droit de prendre des photos, mais-non-mais-non. »

Dans sa tête, il commença à la surnommer Mary-mais-oui-mais-oui, parce qu'elle ne disait jamais un oui ou un non tout simple ; toujours mais-oui-mais-oui ou mais-non-mais-non. Tout était confus depuis que son cerveau, la seule chose dont il était sûr, l'avait laissé tomber, et il ne pouvait plus avoir la moindre certitude ; aussi l'assurance catégorique de Mary le laissait-il pantois, provoquant chez lui d'abord de la nostalgie, ensuite de l'envie, enfin de l'attirance. Et l'attirance était une chose qu'il avait oubliée depuis si longtemps que, lorsque cela commença à lui retourner l'estomac, il crut pendant un long moment que c'était à cause des beignets chinois qu'il avait achetés à la boutique de High Street pour les manger chez lui.

Mary-mais-oui-mais-oui avait du mal avec la langue anglaise et ce fut en partie cela qui attira le vieux Machin au cerveau amoché. Le s en particulier lui donnait du fil à retordre et elle le transformait parfois en ch ; quand elle traversait l'entrée de l'immeuble le matin avec son caddie pour aller faire les courses, elle lui disait : « Je fais un chaud pour acheter des fraîches », et au retour, quand il lui proposait de monter le caddie dans les ghats de l'entrée, elle lui répondait : « Je veux bien, je chuis préchée. » Et quand l'ascenseur l'emportait vers les hauteurs, elle lui criait à travers la grille : « Ohé, Mon-chou ! Oh ! mais-oui-mais-oui ! » (Cependant, en hindi et en konkani, ses s restaient bien à leur place.)

Et voilà : grâce à la magie inattendue de Mary qui lui retournait l'estomac, il n'était plus Monsieur mais Mon-chou. « Mon-chou », répétait-il devant le miroir quand elle était partie. Son haleine dessinait une image floue du mot sur le verre. « Mon-chou ; amouraché et amoché le Mon-chou. » Soit. Les gens lui donnaient beaucoup de surnoms et il s'en moquait. Mais ce nom-là, ce Mon-chou, il essaierait de le devenir.

2

Pendant des années, j'ai eu l'intention de raconter l'histoire de Mary-mais-oui-mais-oui, notre ayah, la femme qui joua un rôle aussi important que ma mère pour nous élever, mes sœurs et moi, et sa grande aventure avec son « Mon-chou », à Londres, où nous avons habité au début des années soixante, dans un groupe d'immeubles qui s'appelait Waverley House ; mais j'ai toujours eu une bonne raison de remettre ce projet à plus tard.

Et puis, récemment, après de nombreuses années, j'ai eu des nouvelles de Mary-mais-oui-mais-oui. Elle écrivait pour dire qu'elle avait quatre-vingt-onze ans, qu'elle venait de subir une grave opération, et elle demandait si j'aurais la gentillesse de lui envoyer un peu d'argent, parce qu'elle était très gênée vis-à-vis de sa nièce, avec laquelle elle vivait maintenant dans le quartier de Kurla à Bombay, et qui n'avait pas le sou.

Je lui envoyai l'argent, et, peu de temps après, je reçus une lettre très charmante de la nièce, Stella, avec la même écriture que la lettre d'« Aya » — ainsi que nous appelions toujours Mary, en supprimant le h, comme dans un palindrome. Aya avait été très touchée, écrivait la nièce, que je me souvienne d'elle après toutes ces années. « J'ai entendu parler de votre famille toute ma vie, continuait la lettre, et je vous considère un peu comme ma propre famille. Peut-être vous souvenez-vous de ma mère, la sœur de Mary ? Elle est malheureusement décédée. Maintenant, c'est moi qui écris les lettres de Mary pour elle. Nous vous adressons notre meilleur souvenir. »

Ce message venant d'une inconnue intime m'atteignit dans mon exil forcé, loin du pays bien-aimé de ma naissance, et j'en fus bouleversé, car il remua des choses profondément enfouies. Bien sûr, je me sentis aussi coupable de m'être si peu occupé de Mary pendant toutes ces années. Quoi qu'il en soit, il est devenu de la plus grande importance que j'écrive l'histoire que je porte en moi depuis si longtemps, l'histoire d'Aya et de l'homme très doux qu'elle rebaptisa — avec un rien de romanesque involontaire mais prophétique — « Mon-chou ». Je comprends maintenant que ce n'est pas seulement leur histoire, mais aussi la nôtre, la mienne.

3

Son vrai nom était Mecir : il fallait dire Mishirsh parce que ce nom avait des accents invisibles dans une langue de derrière le Rideau de fer aux accents obligatoirement invisibles, disait ma sœur Durré de façon solennelle, au cas où quelqu'un les espionnerait, les effacerait ou quelque chose comme ça. Son prénom commençait aussi par un m, mais il contenait tellement de consonnes communistes, comme nous disions alors, tous ces z, ces c, ces w qui se refermaient sur eux-mêmes sans voyelles qui leur auraient donné un espace pour respirer, que je n'ai même jamais essayé de l'apprendre.

Au début, nous avons pensé lui donner un surnom d'après un méchant de bande dessinée, M. Msyztplk, venu de la cinquième dimension, qui ressemblait un peu à Elmer Fudd et qui empoisonna la vie de Superman jusqu'à ce que ce bon vieux Sup' l'oblige à dire son nom à l'envers, Klptzysm, ce qui le fit retourner dans la cinquième dimension ; mais comme nous ne savions pas bien comment prononcer Mxyztplk (sans parler de Klptzyxm) nous avons abandonné l'idée. « On va vous appeler Machin pour simplifier », ai-je fini par lui dire. « Monsieur Machin Mishirsh. » J'avais quinze ans à l'époque et je me sentais sur le point d'exploser à cause de ma queue sans emploi, ce qui signifiait que j'étais capable de dire de telles insanités à la face des gens, même des gens de moins bonne composition que M. Mecir au cerveau amoché par une attaque.

Ce dont je me souviens parfaitement, c'est de ses gants à vaisselle en caoutchouc rose, qu'il semblait ne jamais enlever, au moins jusqu'à ce qu'il vienne chercher Mary-mais-oui-mais-oui. De toute façon, quand je me suis moqué de lui avec mes sœurs Durré et Muneeza, qui gloussaient comme des perruches dans l'ascenseur, Mecir s'est contenté de répondre par un grand sourire bon enfant et de hocher la tête en disant « Tu peux bien m'appeler comme tu veux ». Puis il s'est remis à frotter les cuivres pour les faire reluire. A quoi bon l'asticoter s'il le prenait comme ça ? Alors je suis entré dans l'ascenseur et, jusqu'au quatrième, nous avons chanté *I Can't Stop Loving You* à tue-tête en essayant d'imiter Ray Charles, ce qui a donné une infâme cacophonie. Mais comme nous avions nos lunettes noires, ni vu ni connu.

4

Cela se passait au cours de l'été 1962. La cloche avait sonné, l'école était finie. Ma petite sœur Scheherazade n'avait qu'un an. Durré était une jeune fille de quatorze ans avec des cheveux crêpés comme de la choucroute ; Muneeza avait dix ans et donnait déjà du fil à retordre. Tous les trois — ou plus exactement Durré et moi, et Muneeza qui essayait désespérément et sans succès de faire partie de notre bande — nous nous penchions sur le berceau de Scheherazade pour lui chanter des chansons. « Pas de comptines », avait décidé Durré, et nous n'en chantions pas, car si elle avait un an de moins que moi, elle avait un tempérament de chef. Comme berceuses, nous faisions profiter Scheherazade de nos interprétations des derniers tubes du hit-parade, Chubby Checker, Neil Sedaka et Pat Boone.

Why don't you come home, Speedy Gonzales ? hurlions-nous dans une discordance parfaite : mais surtout, en mimant le texte de la chanson, nous sautions et tournions, *and we pick a bale of cotton*. Et nous aurions effectivement continué à sauter, tourner, et ramasser une balle de coton toute la journée, sans le maharajah de B. qui, dans l'appartement du dessous, se plaignait, et Aya Mary nous demandait de nous calmer.

« Écoutez-moi ça, c'est Jamble-Aya qui en pince pour le vieux Machin », hurla Durré et Mary rougit comme une pivoine. Et nous avons aussitôt enchaîné *me-oh-my-oh ; son of a gun, we had big fun.* Mais le bébé s'est mis à hurler, mon père est arrivé, tête baissée comme un taureau, écumant par les oreilles, et il nous a fallu déployer des trésors d'imagination pour éviter l'explosion.

J'étais en pension en Angleterre depuis environ un an quand Abba prit la décision de faire venir la famille. Pas plus que pour ses autres décisions il ne donna la moindre explication, pas même à ma mère, et il n'y eut aucune discussion. Quand sa famille arriva, il loua d'abord deux appartements contigus à Graham Court, un immeuble miteux de Bayswater, qui se cachait furtivement dans une rue sans intérêt longeant le cinéma ABC de Queensway en direction des bains publics de Porchester. Il réquisitionna l'un des appartements pour son usage personnel et installa ma mère, mes trois sœurs et Aya dans l'autre ; ainsi que moi, pendant les vacances scolaires. L'Angleterre, où l'alcool était en vente libre, n'arrangeait pas l'humeur de mon père ; et, d'une certaine façon, c'était un soulagement d'avoir un appartement rien que pour nous.

Presque chaque soir, il vidait une bouteille de Johnnie Walker Red Label et une bouteille d'eau de Seltz. Ma mère n'osait pas aller « chez lui ». Elle disait : « Il me fait des grimaces. »

Aya Mary lui portait son dîner et répondait dès qu'il appelait (s'il voulait quelque chose, il nous téléphonait). Je ne sais pas pourquoi, mais ses fureurs d'ivrogne épargnaient Mary. Elle avait neuf ans de plus que lui, disait-elle, et elle pouvait exiger qu'il la respecte.

Cependant, après quelques mois, mon père loua un appartement de trois chambres au quatrième étage, avec une adresse chic, Waverley House, Kensington Court, W8. Parmi les autres résidents, il n'y avait pas un, mais deux maharajahs indiens, le prince P., un bellâtre, et le vieux B. — dont on a déjà parlé. Maintenant, nous étions entassés tous ensemble, mes parents et la chère Rasade (comme l'appelaient affectueusement ses frère et sœurs) dans la chambre principale, nous trois dans une chambre plus petite et Mary, j'ai le regret de le dire, sur une natte de paille étalée dans l'entrée. La troisième chambre devint le bureau de mon père : il y passait ses coups de téléphone, il y avait aussi installé son *Encyclopaedia Britannica,* ses *Reader's Digests* et le poste de télévision (sous clef). Nous y entrions à nos risques et périls. C'était l'antre du Minotaure.

Un matin, il accepta de descendre à la pharmacie du coin chercher ce qu'il fallait pour le bébé. Quand il revint, il avait un air de chien battu que je ne lui connaissais pas et se tenait la joue.

« Elle m'a frappé, dit-il d'un ton plaintif.

— *Hai ! Allah-tobah !* Mon chéri ! s'écria ma mère, en s'affairant autour de lui. Qui t'a frappé ? Es-tu blessé ? Montre-moi, fais-moi voir.

— Je n'ai rien fait, dit-il, planté au milieu de l'entrée avec le sac de pharmacie dans sa main libre, et le visage aussi rose que les gants de caoutchouc de Mecir. Je suis simplement entré avec ta liste. La jeune fille semblait tout à fait serviable. Je lui ai demandé du lait en poudre, du talc, de la gelée apaisante pour les gencives et elle a apporté le tout. Puis je lui ai demandé si elle avait des tétons et elle m'a giflé.

— Juste pour ça ? » s'écria ma mère, consternée. Et Mary-mais-oui-mais-oui se rangea de son côté et renchérit : « Qu'est-ch que cha veut dire ? Je chuis déjà allée dans chette pharmachie et ils ont plein de tétons, de toutes les tailles, touch bien en vue. »

Durré et Muneeza ne purent se contenir plus longtemps. Elles se roulèrent par terre en riant et en gigotant.

« Taisez-vous tout de suite vous deux, ordonna ma

mère. Une folle a giflé votre père. Qu'est-ce qu'il y a de si drôle ?

— Je n'y crois pas ! balbutia Durré dans un hoquet. Tu es allé voir cette fille et tu lui as dit... (elle se plia de nouveau en deux, en tapant des pieds et en se tenant le ventre)... *Vous avez des tétons* ? »

Mon père vira au rouge menaçant. Durré se maîtrisa. « Mais Abba, finit-elle par dire, ici on appelle ça des tétines. »

Maman et Mary portèrent leurs mains à leur bouche, et mon père lui-même eut l'air scandalisé. « Quelle honte, dit ma mère. Le même mot que pour ce qu'on a au bout des poitrines ? » Elle rougit et tira la langue aux Anglais.

« Ils chont fous ches Anglais », soupira Mary-mais-oui-mais-oui.

Je me souviens de cette histoire avec plaisir parce que c'est la seule fois où j'ai vu mon père aussi penaud ; l'incident se transforma en légende et la jeune fille de la pharmacie devint l'objet de notre plus grande vénération. (Durré et moi, nous y allâmes exprès pour la voir — c'était une petite jeune fille tout à fait ordinaire, d'environ dix-sept ans, avec de gros seins qu'on ne pouvait pas ne pas voir — mais elle nous surprit en train de chuchoter et nous jeta un regard tellement féroce que nous nous sauvâmes.) Et puis aussi, parce que l'hilarité générale m'avait permis de dissimuler la honteuse vérité : moi qui vivais en Angleterre depuis si longtemps, j'aurais commis la même faute qu'Abba.

Il n'y avait pas que Mary-mais-oui-mais-oui et mes parents qui avaient des problèmes avec la langue anglaise. Mes camarades de classe ricanaient quand je disais « élévation » au lieu d'« éducation », « trio » pour trois fois et « macaroni » pour toutes les pâtes. Quant à la différence entre « tétons » et « tétines », je n'avais jamais eu l'occasion de peaufiner mes connaissances dans ce domaine.

5

Aussi ai-je été un peu jaloux de Mary-mais-oui-mais-oui quand Machin lui rendit visite. Il sonna à notre porte, le corps tremblant de respect, vêtu d'un vieux costume marron trop grand dont le pantalon retenu par une ceinture faisait des fronces ; il n'avait plus ses gants de caoutchouc mais tenait un bouquet de roses à la main. Abba ouvrit la porte et le foudroya du regard. Comme mon père était snob, il lui déplaisait que l'appartement n'eût pas d'entrée de service, et qu'un concierge dût être traité comme s'il appartenait au même univers que lui.

« Mary », réussit à articuler Machin, qui humecta ses lèvres sèches et lissa ses cheveux blancs et mous. « Je, pour voir Miss Mary, venu, suis.

— Un instant », dit Abba, et il lui ferma la porte au nez.

Dès lors, Mary-mais-oui-mais-oui passa tous ses après-midi de congé avec Machin, bien que ce premier rendez-vous n'eût pas été couronné de succès. Il l'emmena dans les beaux quartiers pour lui montrer le Londres des touristes qu'elle n'avait jamais vu, mais, en haut d'un escalator de Piccadilly Circus, alors que Mecir ânonnait péniblement les slogans des affiches qu'elle ne pouvait déchiffrer — ... *Unzip a banana,* et *Idris when I's dri...* — son sari se prit dans les mâchoires de la machine et, à mesure que l'escalator descendait, le tissu commença à se dérouler. Elle fut obligée de tourner et tourner sur elle-même comme une toupie en hurlant du plus fort qu'elle le pouvait : « O BAAP ! BAAPU-RÉ ! BAAP-RÉ-BAAP ! » Machin la sauva en appuyant sur le bouton de secours avant que le sari fût complètement déroulé et que tout le monde la vît en jupon.

« Oh ! Mon-chou ! pleura-t-elle sur son épaule. Oh ! plus jamais "d'echcal-happeur", Mon-chou, plus jamais, mais-non-mais-non. »

La meilleure amie de Durré, une jeune Polonaise, Rozalia de son prénom, qui travaillait comme vendeuse pendant les vacances chez Faiman, un magasin de chaussures d'Oxford Street, était la cible de mes désirs amoureux. Je la draguai sans succès pendant toutes les vacances et, par intermittence, pendant les deux années suivantes. Elle voulait bien déjeuner avec moi de temps en temps et me laissait lui payer un Coca et un sandwich ; une fois, elle m'accompagna à White Hart Lane pour regarder Jimmy Greaves jouer dans l'équipe des Spurs. Nous hurlâmes comme il se doit : « Allez les Blononcs. » Ensuite, elle m'attira même dans l'arrière-boutique de Faiman, où elle m'embrassa deux fois et me laissa lui caresser les seins, mais c'est tout ce que j'obtins d'elle.

Et puis, il y avait ma presque-cousine Chandni, dont la sœur de sa mère avait épousé le frère de ma mère ; mais depuis, ils s'étaient séparés. Chandni avait dix-huit mois de plus que moi et de quoi vous faire tourner la tête. Elle suivait des cours pour devenir danseuse indienne classique, Odissi et Natyam, mais en même temps elle portait un jean noir serré et un polo moulant noir et, de temps en temps, elle m'emmenait traîner chez Bunjie où elle connaissait presque tous les amateurs de folk-music qui fréquentaient l'endroit, et où elle se faisait appeler Clair de Lune, ce qui est la signification de Chandni. Je fumais cigarette sur cigarette avec les folkies et j'allais vomir aux toilettes.

Chandni était une source de fantasmes, un rêve d'adolescent, la Rivière de Lune venue sur terre comme la déesse du Gange, moulée de noir. Mais pour elle, je n'étais qu'un blanc-bec, un jeune cousin, envers qui elle se montrait gentille parce qu'il ne connaissait pas encore la musique.

She-E-rry, won't you come out tonight ?, susurraient les Four Seasons. Je sais ce qu'ils pensaient. *Come, come, come out ! toni-yi-yight*. Et pendant que tu y es, *Love me do.*

6

Ils allaient se promener dans les jardins de Kensington. « Pan », disait Machin, en montrant une statue du doigt. « Enfant perdu. Jamais grandi. » Ils allaient chez Barkers, chez Pontings et chez Derry et Toms où ils choisissaient des meubles et des rideaux pour des maisons imaginaires. Ils parcouraient les supermarchés et achetaient des friandises. Puis, dans la petite chambre de Mecir, ils dégustaient ce qu'il appelait un « thé de chimpanzé » et faisaient rôtir des crumpets devant un radiateur électrique.

Grâce à Machin, Mary put enfin regarder la télévision. Elle préférait les programmes destinés aux enfants, en particulier « La Famille Pierrafeu ». Une fois, en gloussant de son audace, Mary confia à Machin que Fred et Wilma lui faisaient penser à son Sahib et à sa Begum Sahiba, là-haut ; le concierge, pour n'être pas en reste, montra du doigt Mary-mais-oui-mais-oui puis lui-même, et en souriant la bouche grande ouverte, il dit : « Rubble. »

Plus tard, au journal télévisé, un Anglais matois à fine moustache et aux yeux fous lança une mise en garde contre les immigrés et Mary-mais-oui-mais-oui tapa sur le poste : « Khali-pili bom marta », riposta-t-elle, puis elle traduisit pour son hôte : « Crier crier pour rien. Vie mauvaiche. Éteindre. »

Ils étaient souvent interrompus par les maharajahs de B. et de P. qui descendaient de chez eux en cachette de leurs épouses pour téléphoner à d'autres femmes de la cabine qui se trouvait dans la loge du concierge.

« Allô, mignonne, laisse tomber ce type », disait le fringant prince P., un noceur qui semblait passer ses journées en tenue de tennis et dont la grosse Rolex en or était quasiment recouverte par les poils de son bras. « Tu t'amuseras bien mieux avec moi, ma mignonne ; viens donc chez moi. »

Le maharajah de B., lui, était plus âgé, plus laid, plus terre à terre. « Oui, apporte matériel. La chambre réservée nom M. Douglas Home. De six heures quarante-cinq à sept heures quinze. Tu as carte tarifs ? Tu apportes. Viens avec règle cinquante centimètres, en bois. Et pas oublier tablier à volants. »

C'est ce qui est resté dans mes souvenirs de Waverley House, cette masse grouillante de mariages ratés, de cuites, de cavaleurs et de désirs adolescents inassouvis ; du maharajah de P. qui chaque nuit filait vers les quartiers chauds de Londres au volant d'une voiture de sport rouge vrombissante avec blondes en option, et du maharajah de B. qui partait vers Kensington High Street en rasant les murs, avec des lunettes noires dans le noir, et un manteau au col relevé même en plein été ; et au cœur de notre petit univers, il y avait Mary-mais-oui-mais-oui et son Mon-chou qui buvaient du thé de chimpanzé et chantaient l'hymne de Bedrock :

Pierrafeu ! Voici les Pierrafeu !
La famille moderne de l'âge de pierre.

Mais ils ne ressemblaient pas du tout à Barney et à Bettie Rubble. Ils étaient cérémonieux et polis. Ils étaient... courtois. Il lui faisait la cour et elle, telle une ingénue avec anglaises et éventail, penchait la tête et se laissait courtiser.

C'est une page d'his-toi-re.

7

En 1963, j'ai passé un weed-end des vacances de milieu de trimestre à Beccles, dans le Suffolk, chez le maréchal Sir Charles Lutwidge-Dodgson, un vieux briscard des Indes et ami de la famille qui appuyait ma demande de citoyenneté britannique. « Le Dodo », comme on l'appelait, m'avait invité seul en disant qu'il voulait mieux me connaître.

C'était un homme énorme dont la peau du visage avait commencé à pendre, un géant qui habitait une minuscule chaumière où il ne cessait de se cogner la tête. Pas étonnant qu'il fût parfois irascible ; ce pays des merveilles était un enfer, et lui un Gulliver enfermé dans un jardin lilliputien, avec ses roses, ses arceaux de croquet, ses cloches d'église, ses vieilles photos sépia et ses trompettes guerrières d'autrefois.

Le week-end fut un peu guindé et tendu, jusqu'à ce que le Dodo me demandât si je jouais aux échecs. Un rien effrayé à l'idée d'affronter un maréchal de l'Empire, j'opinai et, quatre-vingt-dix minutes plus tard, à ma grande stupéfaction, je le fis mat.

J'allai dans la cuisine, en plastronnant un tantinet, dans l'intention de me vanter auprès de Mme Liddell, la vieille gouvernante du vieux soldat. Mais à mon entrée, elle s'écria : « Ne me dis pas que tu as gagné ?

— Si, répondis-je, en affectant la nonchalance. Il se trouve que j'ai gagné.

— Oh ! là ! là ! Ça va être l'enfer. Va lui demander de faire une autre partie et cette fois arrange-toi pour perdre. »

Je suivis son conseil, mais je ne fus jamais réinvité.

Cependant, la défaite du Dodo me donna une nouvelle confiance en moi aux échecs et, quand je revins à Waverley House après mon examen de fin d'année et que Machin me proposa sur-le-champ de faire une partie (Mary lui avait parlé de ma victoire à la bataille de Beccles, avec orgueil et quelque hyperbole), je dis : « Bien sûr, si tu veux. » Combien de temps mettrais-je à battre cette vieille baderne à plates coutures, de toute façon ?

S'ensuivit un massacre royal. Machin ne se contenta pas de me battre ; il ne fit de moi qu'une bouchée. Je n'arrivais pas à y croire — son ouverture prudente, la facilité de ses enchaînements, la puissance de ses offensives qui m'avaient réduit à des positions défensives intenables — et je lui demandai une revanche. Cette fois, il m'attaqua avec une ardeur redoublée. A la fin, je restai sur ma chaise, au bord des larmes. Je me fredonnais : *Big girls don't cry*, mais la chanson continua dans ma tête : *That's just an alibi.*

« Qui es-tu ? » lui demandai-je, chacune de mes syllabes étant écrasée sous le poids de l'humiliation. « Le diable ? »

Machin me fit son large sourire imbécile. « Grand maître, dit-il. Longtemps. Avant pauvre tête. »

« Toi, un grand maître ? » répétai-je, toujours abasourdi. Puis, dans une seconde d'horreur, je me souvins d'avoir vu le nom de Mecir dans des livres de parties classiques. « La défense nimzo-indienne ? » dis-je à haute voix. Son visage rayonna et il opina furieusement.

« Ce Mecir-là ? lui demandai-je, stupéfait.

— Oui, oui », répondit-il. De la salive coulait au coin de sa vieille bouche molle. Ce vieillard décrépit était cité dans les livres. Dans les livres ! Et aujourd'hui encore, avec son cerveau amoché, il arrivait à m'envoyer au tapis.

« Maintenant, joue dame », dit-il en souriant. Je ne comprenais pas. « Joue Madame Mary. Mais oui, mais oui. »

Elle servait le thé et attendait ma réponse. « Aya, tu sais jouer ? » demandai-je, ne sachant plus à quel saint me vouer.

« J'apprends, baba, répondit-elle. Qu'est-ch que ch'est, finalement ? Un jeu, pas plouche. »

Là-dessus, elle aussi me battit à plates coutures, et avec les noirs, en plus. Ce ne fut pas mon jour de gloire.

8

Extrait des *100 parties d'échecs les plus instructives*, de Robert Reshevsky, 1961 :

M. Mecir — M. Najdorf

Dallas 1950, défense nimzo-indienne.

> L'attaque d'un tacticien peut être difficile à affronter — celle d'un stratège encore plus. Si les menaces du tacticien peuvent être évidentes, le stratège embrouille le problème en laissant les choses en suspens. Il menace de menacer !

Prenez cette partie par exemple. Mecir poste un cavalier en Q6 pour avoir une prise sur le centre. Puis il installe un pion doublé sur une aile pour occuper son adversaire du côté de la reine. Après quoi il bouleverse la position du côté du roi. Que peut faire son pauvre adversaire désorienté ? Comment peut-il tout défendre en même temps ? D'où tombera le coup ?

Regardez comment Mecir harcèle Najdorf, alors que son attaque passe d'un côté à l'autre !

Les échecs étaient devenus leur langage commun. Le vieux Machin, qui ne savait plus trouver ses mots, gardait sur l'échiquier l'essentiel de la rigueur et de la subtilité qui avaient disparu de son discours. En gagnant en technique, Mary-mais-oui-mais-oui — elle avait appris à une vitesse étonnante, pensais-je amèrement, pour quelqu'un qui ne savait ni lire ni écrire, ni prononcer les s — était mieux à même de comprendre et de déjouer les pièges du maître amoché avec qui, contre toute attente, elle avait établi une relation.

Il lui apprenait avec une grande patience, par l'exemple, il répétait les ouvertures, les combinaisons et les fins de partie, encore et encore, jusqu'à ce qu'elle commence à comprendre les séquences. Quand ils jouaient, il se donnait un handicap, il lui enseignait les meilleures attaques et leurs conséquences, il l'entraînait pas à pas dans les dédales infinis du jeu.

Telle était leur relation amoureuse. « C'est une vraie aventure, baba, tenta une fois de m'expliquer Mary. Comme aller avec lui dans son pays, tu chais. Quel endroit, Baap-ré ! Beau, dangereux, drôle, avec beaucoup de "cache-tête". Une découverte très-très grande pour moi. Comment te dire ? J'aime jeu. Fantachtique. »

Je compris alors où ils en étaient. Mary-mais-oui-mais-oui ne s'était jamais mariée, et elle avait clairement fait comprendre au vieux Machin qu'il était trop tard pour commencer à fricoter à leur âge. Le concierge était veuf et avait quelque part des enfants adultes, perdus depuis bien longtemps derrière les murs toujours plus hauts de l'Europe de l'Est. Mais grâce aux échecs, ils avaient trouvé une forme de relation amoureuse, un renouvellement sans fin qui excluait toute possibilité d'ennui, un pays des merveilles et d'amour courtois pour cœurs âgés.

Comment le Dodo aurait-il réagi ? Sans aucun doute, il aurait été scandalisé de voir les échecs — surtout eux, la grande symbolisation de la guerre — transformés en art d'aimer.

Quant à moi, mes défaites devant Mary-mais-oui-mais-oui et son Mon-chou furent les premières d'une kyrielle d'humiliations. Durré et Muneeza eurent les oreillons et, finalement, malgré les efforts de ma mère pour nous séparer, je les attrapai à mon tour. Je restai au lit, terrifié, alors que le docteur me conseillait d'éviter de me lever si je pouvais m'en abstenir. « Si tu te lèves, me dit-il, tes parents n'auront pas besoin de te punir. Tu te seras déjà assez puni toi-même. »

Je passai les quelques semaines suivantes tourmenté jour et nuit par des visions de testicules enflés de façon grotesque et de toute une vie d'impuissance flasque — ratatiné avant même d'avoir commencé, ce n'était pas juste ! — que la guérison rapide et les moqueries incessantes de mes sœurs ne faisaient qu'aggraver. Mais en fin de compte, j'eus de la chance : la maladie ne gagna pas l'hémisphère sud. « Pense au bonheur de tes mille et une petites amies, bhai », ricana Durré qui n'ignorait rien de mes échecs renouvelés auprès de Rozalia et de Chandni.

A la radio, les chansons vantaient toujours les joies de nos seize ans. Je me demandais où étaient tous ces garçons et ces filles de mon âge qui connaissaient le plus beau moment de leur vie. Ils faisaient le tour de l'Amérique en Studebaker décapotable ? En tout cas, ils n'habitaient pas dans mon quartier. Londres W8 était au diapason des yéyés cet été-là. Il y avait une chanson d'amour de garçons dans le vent en tête du hit-parade, oui, mais moi, j'avais la tête dans le trente-sixième dessous, comme j'aurais aimé avoir quelqu'un, etc., et en général ça allait vraiment très mal.

How I wish I had someone to talk to
I'm in an awful way.

9

« Baba, viens vite. »

Il était très tard, la nuit, quand Aya Mary me réveilla. Après de nombreux « pssst », elle réussit à me tirer du sommeil et à me faire traverser l'entrée en pyjama, bâillant à m'en décrocher la mâchoire. Sur le palier, devant notre appartement, Machin pleurait, affalé contre un mur. Il avait un œil au beurre noir et du sang séché sur la bouche.

« Que s'est-il passé ? demandai-je à Mary, bouleversé.

— Des hommes, gémit Machin. Eux menacer. Battre. »

Il se trouvait dans sa loge, plus tôt, ce même soir, quand le maharajah de P. était entré en coup de vent, pour lui dire : « Si on me demande, hein, des costauds, hein, je suis sorti. D'accord ? Sorti : Est-ce haut air thé hi. Tu ne les laisses pas monter, d'accord ? Gros pourboire, d'accord ? »

Peu de temps après, le vieux maharajah de B. arriva à son tour chez Machin, l'air soucieux.

« Écoute-moi mon fils, dit le maharajah de B. Tu ne sais pas où je suis, samajh liya ? Compris ? Des voyous viendront peut-être me demander. Tu ne sais rien. Je suis à l'étranger, achha ? Parti pour un long voyage. Fais ton travail, concierge. Belle récompense. »

Tard ce soir-là, deux costauds se présentèrent en effet. Apparemment, le prince velu avait des dettes de jeu. « Sorti », dit Machin avec un sourire suave. Les deux costauds hochèrent lentement la tête. Ils avaient de longs cheveux et des lèvres épaisses à la Mick Jagger. « C'est un monsieur très occupé. Nous devrions prendre rendez-vous, dit le premier type au second. Je te l'avais bien dit, qu'on aurait dû téléphoner.

— Oui, répondit le second type. On aurait dû faire les choses dans les règles, c'est un prince. Et tu avais raison, mon fils, j'ai refusé, j'ai vraiment eu tort. J'ai refusé tout ça.

— On va laisser notre carte, dit le premier type. Comme ça, il saura qu'il doit nous attendre.

— Parfait, dit le second », et il écrasa son poing sur la bouche du vieux Machin. « Tu transmettras, dit l'autre, et il frappa le vieil homme dans l'œil. Quand il sera là. Tu lui en parleras. »

Après, il avait fermé la porte d'entrée ; mais beaucoup plus tard, bien après minuit, on était venu tambouriner.

« Qui ? demanda Machin.

— Des amis du maharajah de B. dit une voix. Non, j'exagère. Des connaissances.

— Il est allé voir une dame de nos amies, dit une seconde voix. Pour être précis.

— C'est pour ça qu'on demande à être reçus, dit la première voix.

— Parti, répondit Mecir. Avion jet. Parti. »

Il y eut un silence. Puis la seconde voix dit : « On ne peut faire partie de la jet set si on n'est jamais monté dans un jet, hein ? Biarritz, Monte-Carlo et tout ça.

— N'oublie pas de dire à son altesse, dit la première voix, qu'on attend son retour avec impatience.

— Nos respects à notre ami commun, dit la seconde voix. Avec impatience, on l'attend. »

Que peut faire le pauvre adversaire désorienté ? Les mots du traité d'échecs me revinrent spontanément à l'esprit. *Comment peut-il tout défendre en même temps ? D'où tombera le coup ? Regardez comment Mecir harcèle Najdorf, alors que son attaque passe d'un côté à l'autre !*

Machin retourna à sa loge et cette fois, bien qu'on ne l'ait pas molesté, il se mit à pleurer. Au bout d'un certain temps, il prit l'ascenseur, monta au quatrième et parla à voix basse par la fente de la boîte aux lettres à Mary-mais-oui-mais-oui couchée sur sa natte.

« Je n'ai pas voulu réveiller Chahib, dit Mary. Vous

chavez comment il est, hein ? Et Begum Chahiba tellement fatiguée à la fin de la journée. Alors, dites, baba, quoi faire ? »

Qu'est-ce qu'elle voulait que je fasse ? J'avais seize ans. « Il faut que Machin appelle la police », proposai-je sans grande originalité.

« Mais-non-mais-non, dit Mary-mais-oui-mais-oui de façon énergique. Si concierge fait chcandale pour maharajah, alors à la fin ch'est concierge qui chera foutu à la porte. »

Je n'avais pas d'autre idée. Debout devant eux, je me sentais stupide sous leurs regards suppliants.

« Allez vous coucher, leur dis-je. Nous verrons ça demain matin. » *Les deux premières brutes étaient des tacticiens*, pensai-je. *Ils étaient difficiles à affronter. Mais les deux autres étaient plus redoutables ; c'étaient des stratèges. Ils menaçaient de menacer.*

Il ne se passa rien le matin, et le ciel était clair. On avait du mal à croire aux poings et aux voix menaçantes derrière la porte. Pendant la journée, les deux maharajahs vinrent dans la loge du concierge et glissèrent des billets de cinq livres dans la poche du gilet de Machin. « Vous avez gardé la maison, c'est bien », dit le prince P., et le maharajah de B. fit écho à ces sentiments : « Dans le mille ! Tout va bien maintenant, achha ? Problème réglé. »

Tous les trois — Aya Mary, son Mon-chou et moi — nous avons tenu un conseil de guerre cet après-midi-là, et décidé qu'aucune action supplémentaire n'était nécessaire. J'expliquai que le concierge était en première ligne dans n'importe quelle situation, et qu'il fallait tenir. Maintenant, les risques étaient passés. Des assurances avaient été fournies. Fin de l'histoire.

« Fin de l'histoire », répéta Mary-mais-oui-mais-oui sans y croire, puis, essayant de rassurer Mecir, elle s'illumina. « Juste, dit-elle. Très chertainement ! Terminé, fin. »

Elle claqua des mains pour souligner son propos. Puis

elle demanda à Machin s'il voulait faire une partie d'échecs ; mais pour une fois le concierge refusa.

10

Ensuite, je fus distrait quelque temps de l'histoire de Machin et de Mary-mais-oui-mais-oui par une violence qui touchait de plus près la famille.

Ma deuxième sœur, Muneeza, qui avait maintenant onze ans, entamait sa période délinquante avec un peu d'avance. C'était elle qui avait hérité du tempérament de mon père et de ses colères noires, et quand elle sortait de ses gonds ce n'était pas beau à voir. Cet été-là, elle semblait chercher délibérément la bagarre avec mon père, prête, malgré son jeune âge, à l'affronter. (Je n'intervins qu'une seule fois au cours de ses disputes avec Abba. Nous étions dans la cuisine. Elle saisit les ciseaux et les lança sur moi. Ils m'entaillèrent la cuisse. Après cela, je restai à distance.)

En les regardant se bagarrer, je commençai à me détacher de l'idée de famille. Je regardais ma sœur hurlante et je m'étonnais de la voir aussi douée pour l'autodestruction, de constater avec quelle maestria elle démolissait ses relations avec ceux dont elle avait le plus besoin.

Je contemplais mon père furieux, le visage convulsé, et je songeais à la citoyenneté britannique. Mon passeport indien ne me permettait d'aller que dans un nombre restreint de pays dont la liste se trouvait sur la deuxième page de droite. Mais peut-être aurais-je bientôt un passeport britannique ; alors, je m'éloignerais coûte que coûte de mon père. Je n'aurais plus ce visage grimaçant sous les yeux.

A seize ans, on croit encore que l'on peut échapper à son père. On n'écoute pas sa voix qui parle par ses propres lèvres, on ne voit pas que ses propres gestes reflètent déjà les siens ; on ne le voit pas dans la façon dont on tient son propre corps, dans la façon dont on signe son nom. On n'entend pas son murmure dans son propre sang.

Le jour dont je veux vous parler, ma sœur de deux ans, Chhoti Scheherazade, cette chère Rasade, se mit à pleurer comme elle le faisait souvent pendant nos disputes familiales. Amma et Aya l'installèrent dans sa poussette et s'enfuirent rapidement. Elles allèrent jusqu'à Kensington Square, s'assirent sur l'herbe, détachèrent Scheherazade et échangèrent des commentaires philosophiques pendant que la petite se fatiguait. Elle finit par s'endormir et les deux femmes rentrèrent dans la lumière déclinante du soir. Devant Waverley House, deux jeunes gens bien mis, les cheveux coupés à la Beatle et la veste sans col boutonnée jusqu'en haut, les accostèrent. Le premier demanda très poliment à ma mère si elle était par hasard la maharani de B.

« Non, lui répondit ma mère, flattée.

— Mais si, madame, dit le second Beatle tout aussi poli. Je vous vois vous diriger vers Waverley House et c'est la résidence du maharajah.

— Non, non, protesta ma mère, encore toute rose de plaisir. Nous sommes une autre famille indienne.

— Ben voyons », approuva le premier Beatle d'un air entendu, puis, à la grande surprise de ma mère, il posa un doigt le long de son nez et fit un clin d'œil. « Incognito, hein. Motus et bouche cousue.

— Excusez-moi, dit ma mère qui perdait patience. Nous ne sommes pas celles que vous croyez. »

Le second Beatle tapa légèrement de la pointe du pied contre la roue de la poussette. « Votre mari cherche des dames, madame, vous êtes au courant ? Oui, oui. De façon tout à fait assidue, puis-je ajouter.

— Trop assidue, ajouta le premier Beatle, dont le visage s'obscurcissait.

— Je vous dis que je ne suis pas la Maharani Begum, dit ma mère, brusquement inquiète. Ses affaires ne me concernent pas. Si vous voulez bien me laisser passer. »

Le second Beatle se rapprocha d'elle. Elle sentit son

haleine, parfumée à la menthe. « Une des dames qu'il a recherchées était notre pupille, peut-on dire, expliqua-t-il. C'est le terme qui convient. Sous notre protection, vous comprenez. Par conséquent, nous sommes responsables d'elle.

— Votre mari, dit le premier Beatle en découvrant ses dents de façon effrayante et en élevant la voix d'un cran, a gâté la marchandise. Vous m'entendez, ma petite reine ? Il a gâté la putain de marchandise.

— Vous faites erreur chur la perchonne, Mon-chieur, dit Mary-mais-oui-mais-oui. Beaucoup résidents indiens dans Waverley House. Nous sommes dames rechpectables, mon-chieur. »

Le second Beatle avait sorti quelque chose d'une poche intérieure. Une lame refléta la lumière. « Sales bougnoules, dit-il. Vous venez foutre le bordel ici et vous savez même pas vous tenir, putain ! Pourquoi que vous retournez pas dans votre putain de Bougnoulistan ? Cassez-vous le cul entre vous au lieu de nous emmerder. Maintenant, ajouta-t-il d'une voix calme, en levant son couteau, déboutonnez vos corsages. »

Juste à ce moment-là, un vacarme éclata à la porte d'entrée de Waverley House. Les deux femmes et les deux hommes se retournèrent et virent sortir Machin, qui hurlait et agitait les bras comme un vieux pingouin devenu fou.

« Holà, dit le Beatle au couteau, l'air amusé. Qui c'est celui-là ? O O putain de 7 ? »

Machin essayait de parler, il faisait des efforts désespérés, mais tout ce qui sortait de sa bouche c'était un gargouillis confus. Scheherazade se réveilla et joignit ses cris aux siens. Les deux Beatles eurent l'air contrarié. Mais soudain, quelque chose explosa à l'intérieur du vieux Machin ; et dans un grand élan, il bredouilla, « Messieurs, messieurs, non messieurs, celles-là pas B. messieurs, femmes B. en haut étage trois, messieurs, maharajah de B. aussi, messieurs vérité Dieu jure tombe mère ».

C'était la plus longue phrase qu'il eût prononcée depuis l'attaque qui lui avait paralysé la langue, bien longtemps auparavant.

Et son torrent de mots et les hurlements de Scheherazade firent apparaître plusieurs têtes aux portes, on ouvrait de grands yeux, et les deux Beatles hochèrent gravement la tête. « Nous nous sommes trompés », dit le premier à ma mère en s'excusant, et il la salua profondément. « Ça peut arriver à tout le monde », ajouta l'homme au couteau, la mine lugubre. Ils tournèrent les talons pour s'éloigner rapidement. Cependant, lorsqu'ils passèrent devant Mecir, ils s'arrêtèrent. « Mais je te connais, dit l'homme au couteau. "Avion jet. Parti." » Il fit un bref mouvement du bras et Machin, le concierge, se retrouva allongé sur le trottoir avec du sang qui lui coulait d'une blessure au ventre. « Tout bien maintenant », dit-il dans un souffle avant de s'évanouir.

11

Vers Noël, il était en voie de guérison ; la lettre de ma mère aux propriétaires, dans laquelle elle le décrivait comme « un chevalier en armure étincelante », lui permit d'être bien soigné et on lui garda son emploi. Il continua à vivre dans sa loge minuscule au rez-de-chaussée, alors que son travail de concierge était effectué par des remplaçants. Dans leur réponse, les propriétaires assurèrent à ma mère : « Pour notre héros, ce qu'il y a de mieux. »

Les deux maharajahs et leurs suites avaient déménagé avant que je revienne pour les vacances de Noël, et nous n'eûmes plus d'autres visites des Beatles ni des Rolling Stones. Mary-mais-oui-mais-oui passait le plus clair de son temps avec Mecir ; mais l'allure de ma vieille Aya m'inquiétait davantage que son pauvre Machin. Elle semblait plus âgée et friable, comme si à tout moment elle allait se désintégrer en poussière.

« Nous n'avons pas voulu t'inquiéter au collège, dit ma

mère. Elle a des problèmes cardiaques. Des palpitations. Pas tout le temps, mais enfin. »

Les problèmes de santé de Mary avaient assagi toute la famille. Les accès de colère de Muneeza avaient cessé, et même mon père faisait un effort. On avait installé un arbre de Noël dans le salon et on l'avait décoré avec toutes sortes de babioles. C'était tellement étrange de voir un arbre de Noël chez nous que je pris conscience de la gravité de la situation.

Le soir du réveillon, ma mère nous proposa de chanter quelques chants de Noël pour faire plaisir à Mary. Amma avait préparé des feuilles de chant, en six exemplaires, à la main. Quand nous avons attaqué, *O come, all ye faithful*, je me fis remarquer en chantant de mémoire en latin. Tout le monde se conduisit parfaitement. Quand Muneeza proposa qu'on chante *Swinging on a Star* ou *I wanna Hold your Hand* au lieu de ces trucs rasoirs, c'était pour rire. Je me dis, c'est ça la vie de famille. C'est ça.

Mais nous ne faisions que jouer la comédie.

Quelques semaines plus tôt, au collège, j'avais vu un Américain, la vedette de l'équipe de football de la ville de Rugby, pleurer dans le cloître de la chapelle. Je lui avais demandé ce qu'il avait, et il m'avait répondu qu'on avait assassiné le président Kennedy. « C'est pas vrai », lui dis-je, mais je voyais bien qu'il n'y avait pas d'erreur. La star du football n'arrêtait pas de sangloter. Je lui pris la main.

« Quand le président meurt, la nation est orpheline », finit-il par dire, en répétant navré un des clichés qu'il avait sans doute entendus sur la Voix de l'Amérique.

Je lui mentis : « Je sais ce que tu ressens. Mon père vient de mourir, lui aussi. »

La maladie de cœur de Mary était un mystère : elle apparaissait et disparaissait sans crier gare. Au cours des six mois suivants, Mary subit toute sorte d'examens mais chaque fois les médecins finissaient par hocher la tête : ils ne trouvaient rien. Physiquement, elle se portait comme un charme ; sauf qu'à certaines périodes, son cœur ruait et se cabrait comme les mustangs des *Désaxés*, les chevaux qu'on prenait au lasso et qu'on attachait, ce qui rendait Marilyn Monroe complètement folle.

Mecir reprit son travail au printemps, mais sa mésaventure l'avait totalement désarçonné. Il souriait plus rarement, il avait un regard éteint, plus intérieur. Mary elle aussi était devenue plus renfermée. Ils se retrouvaient toujours pour le thé, les crumpets, la Famille Pierrafeu et les échecs, mais quelque chose était brisé.

Au début de l'été, Mary fit une déclaration.

« Je chais che que j'ai, dit-elle à brûle-pourpoint à mes parents. Ch'est le mal du pays.

— Mais, Aya, répondit ma mère, le mal du pays n'est pas une vraie maladie.

— Dieu cheul chait pourquoi nous chommes venus dans che pays, répondit Mary. Mais je ne peux pas y rechter plus longtemps. Mais-non-mais-non. » Sa décision était définitive.

Ainsi, c'était l'Angleterre qui lui brisait le cœur de n'être pas l'Inde. Londres la tuait de n'être pas Bombay. Et Machin ? me demandai-je. Le concierge la tuait-il lui aussi, parce qu'il n'était plus lui-même ? Ou était-ce parce que son cœur, pris au lasso de deux amours différentes, était tiré à l'est et à l'ouest, hennissant et ruant, tels ces chevaux de cinéma tirés d'un côté par Clark Gable et de l'autre par Montgomery Clift, et parce qu'elle savait que pour vivre il lui faudrait choisir ?

« Je dois aller, dit Mary-mais-oui-mais-oui. Mais-oui-mais-oui. *Bas*. Achez. »

Cet été-là, l'été de 64, j'eus dix-sept ans. Chandni retourna en Inde. L'amie polonaise de Durré, Rozalia, m'informa en mangeant un sandwich dans Oxford Street qu'elle allait se fiancer avec un homme, « un vrai », et que j'avais intérêt à l'oublier parce que Sbigniew était du genre jaloux. Roy Orbison me chantait *It's Over* à l'oreille alors que je me dirigeais vers le métro, mais en fait rien n'avait vraiment commencé.

Mary-mais-oui-mais-oui nous quitta à la mi-juillet. Mon père lui acheta un aller simple pour Bombay, et la douleur de la séparation assombrit ce dernier matin. Quand on descendit ses valises, Mecir le concierge avait disparu. Mary n'alla pas frapper à la porte de sa loge, elle sortit sans jeter un regard à l'entrée aux lambris de chêne fraîchement cirés, aux miroirs et aux cuivres étincelants ; elle monta à l'arrière de notre Ford Zodiac où elle resta assise bien droite, son sac sur les genoux, regardant fixement devant elle. Je l'avais connue et aimée toute ma vie. *Qu'importe ton fichu concierge,* voulais-je lui crier, *et moi ?*

Elle avait raison à propos du mal du pays. A Bombay, elle n'eut plus jamais de problème cardiaque ; et, comme le confirmait la lettre de sa nièce Stella, à quatre-vingt-onze ans, elle avait toujours bon pied bon œil.

Peu après son départ, mon père nous dit qu'il avait décidé de « changer d'endroit » et d'aller vivre au Pakistan. Comme d'habitude, il n'y eut ni discussion, ni explication, simplement un oukaze. A la fin des vacances d'été, il ne renouvela pas le bail de l'appartement de Waverley House et tous partirent pour Karachi cependant que je retournais en pension.

Cette année-là, je devins citoyen britannique. J'étais parmi les heureux élus parce que, supposai-je, malgré la partie d'échecs, le Dodo m'avait aidé. Et, de bien des façons, le passeport me libéra effectivement. Il me permit d'aller et venir, de faire des choix qui n'étaient pas ceux que mon père aurait souhaités. Mais, moi aussi, j'avais des cordes autour du cou, je les ai encore, elles me tirent à l'est et à l'ouest, les nœuds coulants se serrent et m'ordonnent, *choisis, choisis.*

Je me cabre, je m'ébroue, je hennis, je rue, je botte. Cordes, je ne choisis pas entre vous. Lassos, lacs, je ne choisis ni les uns, ni les autres, ni le tout. Vous m'entendez ? Je refuse de choisir.

Un an ou deux après le déménagement, me trouvant

dans le quartier, je suis entré à Waverley House voir comment allait le vieux concierge. Peut-être, me disais-je, pourrions-nous faire une partie d'échecs, peut-être pourrait-il me battre à plates coutures. L'entrée était vide. Je frappai à la porte de sa loge. Un inconnu me répondit.

« Où est Machin ? » m'écriai-je, pris de court. Je m'excusai aussitôt, gêné. « M. Mecir, le concierge.

— Le concierge ? C'est moi, monsieur, dit l'homme. Il n'y a pas de machin ici. »

REMERCIEMENTS

Six nouvelles de ce recueil ont déjà été publiées sous une forme légèrement différente :

Un bon conseil est plus rare que des rubis, dans le *New Yorker* ; *Le Transistor gratuit,* dans *Atlantic Monthly* ; *Le Cheveu du prophète* dans *London Review of Books* ; *Yorick* dans *Encounter* ; *La Vente aux Enchères des chaussons rubis* dans *Granta* ; *Christophe Colomb et la Reine Isabelle d'Espagne* dans le *New Yorker.*

L'Harmonie des sphères, Chekov et Zulu et *Monsieur Machin* sont inédites.

Dans *L'Harmonie des sphères,* pour les questions d'occultisme, je me suis servi des écrits de James Webb, en particulier *The Occult Underground* (Open Court, Illinois, 1974) et *The Harmonious Circle* (Putnam, 1980).

Pour *Monsieur Machin,* l'auteur tient à remercier les personnes ou sociétés suivantes de l'avoir autorisé à faire des citations :

Buddy Kaye, Ethel Lee et David Hill pour les paroles de *Speedy Gonzales,* copyright 1962, renouvelé 1990. Copyright international réservé. Tous droits réservés. David Hess Music Co (1/3rd). Avec l'autorisation de Memory Lane Music Ltd. Reproduction des paroles de *Speedy Gonzales* avec l'aimable autorisation de Carlin Music Corp., administrateur pour la Grande-Bretagne.

Jambalaya (On the Bayou), paroles et musique de Hank Williams, copyright 1952, renouvelé en 1980 Acuff-Rose

Music Incorporated, USA. Acuff-Rose Opryland Music Limited, Londres W1. Reproduit avec l'autorisation de Music Sales Ltd. Tous droits réservés. Copyright international réservé.

Big Girls Don't Cry (paroles et musique de Bob Crewe et Bob Gaudio) et *Sherry* (paroles et musique de Bob Gaudio) copyright 1962, Claridge Music Inc., USA. Reproduit avec l'autorisation d'Ardmore et Beechwood Ltd, Londres WC2HoEA.

Le passage cité page 158 est en réalité le compte rendu d'une partie d'échecs jouée en 1957 par S. Reshevsky et Najdorf, et décrite dans *The Most Instructive Games of Chess Ever Played*, d'Irving Chernev (Faber and Faber, 1966).

Je remercie enfin Bill Buford, Susannah Clapp et Bob Gottlieb ; Sonny Metha et Errol McDonald, Frances Coady et Caroline Michel.

TABLE

Est

Ouest

Est, Ouest

DANS LA MÊME COLLECTION

Svetlana Alexievitch, *Ensorcelés par la mort.* Traduit du russe par Sophie Benech.

Vladimir Arsenijević, *À fond de cale.* Traduit du serbo-croate par Mireille Robin.

Saul Bellow, *En souvenir de moi.* Traduit de l'anglais (États-Unis) par Pierre Grandjouan.

Saul Bellow, *Tout compte fait. Du passé indistinct à l'avenir incertain.* Traduit de l'anglais (États-Unis) par Philippe Delamare.

Joan Brady, *L'Enfant loué.* Traduit de l'anglais par Pierre Alien. Prix du Meilleur Livre Étranger 1995.

Peter Carey, *Oscar et Lucinda.* Traduit de l'anglais (Australie) par Michel Courtois-Fourcy.

Peter Carey, *L'Inspectrice.* Traduit de l'anglais (Australie) par Marc Cholodenko.

Peter Carey, *Un écornifleur* (Illywhacker). Traduit de l'anglais (Australie) par Jean Guiloineau.

Fred D'Aguiar, *La mémoire la plus longue.* Traduit de l'anglais par Gilles Lergen.

Albert Drach, *Voyage non sentimental.* Traduit de l'allemand par Colette Kowalski.

Stanley Elkin, *Le Royaume enchanté.* Traduit de l'anglais (États-Unis) par Claire Maniez et Marc Chénetier.

Jeffrey Eugenides, *Les Vierges suicidées.* Traduit de l'anglais (États-Unis) par Marc Cholodenko.

William Gaddis, *JR.* Traduit de l'anglais (États-Unis) par Marc Cholodenko.

Eduardo Galeano, *Mémoire du feu,* tome I, Les Naissances. Traduit de l'espagnol par Claude Couffon.

Eduardo Galeano, *Mémoire du feu,* tome II, *Les Visages et les Masques.* Traduit de l'espagnol par Véra Binard.

Natalia Ginzburg, *Nos années d'hier.* Traduit de l'italien par Adrienne Verdière Le Peletier. Nouvelle édition établie par Nathalie Bauer.

Nadine Gordimer, *Le Safari de votre vie.* Nouvelles traduites de l'anglais par Pierre Boyer, Julie Damour, Gabrielle Rolin, Antoinette Roubichou-Stretz et Claude Wauthier.

Nadine Gordimer, *Feu le monde bourgeois.* Traduit de l'anglais par Pierre Boyer.

Nadine Gordimer, *Personne pour m'accompagner.* Traduit de l'anglais par Pierre Boyer.

Nadine Gordimer, *L'Écriture et l'existence.* Traduit de l'anglais par Claude Wauthier et Fabienne Teisseire.

Allan Gurganus, *Bénie soit l'assurance.* Traduit de l'anglais (États-Unis) par Simone Manceau.

Oscar Hijuelos, *Les Mambo Kings.* Traduit de l'anglais (États-Unis) par Pierre Alien et Jean Clem.

Neil Jordan, *Lignes de fond.* Traduit de l'anglais (Irlande) par Gabrielle Rolin.

Nicholas Jose, *Pour l'amour d'une rose noire.* Traduit de l'anglais (Australie) par Anne Rabinovitch.

Ryszard Kapuściński, *Imperium.* Traduit du polonais par Véronique Patte.

Jerzy Kosinski, *L'Ermite de la 69e Rue.* Traduit de l'anglais (États-Unis) par Fortunato Israël.

Barry Lopez, *Les Dunes de Sonora.* Traduit de l'anglais (États-Unis) par Suzanne V. Mayoux.

James Lord, *Cinq femmes exeptionnelles.* Traduit de l'anglais (États-Unis) par Pierre Leiris et Edmonde Blanc.

Patrick McCabe, *Le Garçon boucher.* Traduit de l'anglais (Irlande) par Édith Soonkindt-Bielok.

Norman Mailer, *Oswald. Un mystère américain.* Traduit de l'anglais (États-Unis) par Pierre Grandjouan.

Salvatore Mannuzzu, *La Procédure.* Traduit de l'italien par André Maugé.

Salvatore Mannuzzu, *La Fille perdue.* Traduit de l'italien par Nathalie Bauer.

Valerie Martin, *Mary Reilly.* Traduit de l'anglais (États-Unis) par Annie Saumont.

Jess Mowry, *Hypercool.* Traduit de l'anglais (États-Unis) par Pierre Alien.

Péter Nádas, *La Fin d'un roman de famille.* Traduit du hongrois par Georges Kassai.

V.S. Naipaul, *La Traversée du milieu.* Traduit de l'anglais par Marc Cholodenko.

V.S. Naipaul, *Un chemin dans le monde.* Traduit de l'anglais par Suzanne V. Mayoux.

V.S. Naipaul, *La Perte de l'Eldorado.* Traduit de l'anglais par Philippe Delamare.

Tim O'Brien, *À la poursuite de Cacciato.* Traduit de l'anglais (États-Unis) par Yvon Bouin.

Tim O'Brien, *À propos de courage.* Traduit de l'anglais (États-Unis) par Jean-Yves Prate. Prix du Meilleur Livre Étranger 1993.

Tim O'Brien, *Au lac des Bois.* Traduit de l'anglais (États-Unis) par Rémy Lambrechts.

Jayne Anne Phillips, *Camp d'été.* Traduit de l'anglais (États-Unis) par André Zavriew.

Salman Rushdie, *Le Dernier Soupir du Maure.* Traduit de l'anglais par Danielle Marais.

Paul Sayer, *Le Confort de la folie.* Traduit de l'anglais par Bernard Hoepffner.

Donna Tartt, *Le Maître des illusions.* Traduit de l'anglais (États-Unis) par Pierre Alien.

Pramoedya Ananta Toer, *Le Fugitif.* Traduit de l'indonésien par François-René Daillie.

Dubravka Ugresic, *L'Offensive du roman-fleuve.* Traduit du serbo-croate par Mireille Robin.

Edith Wharton, *Les Boucanières.* Traduit de l'anglais (États-Unis) par Gabrielle Rolin.

Jeanette Winterson, *Écrit sur le corps.* Traduit de l'anglais par Suzanne V. Mayoux.

Jeanette Winterson, *Le Sexe des cerises.* Traduit de l'anglais par Isabelle Delors-Philippe.

Edmund White, *Écorché vif.* Traduit de l'anglais (États-Unis) par Elisabeth Peellaert.

Edmund White, *La Bibliothèque qui brûle.* Traduit de l'anglais (États-Unis) par Philippe Delamare.

Tobias Wolff, *Un mauvais sujet.* Traduit de l'anglais (États-Unis) par Anouk Neuhoff.

Tobias Wolff, *Dans l'armée de Pharaon.* Traduit de l'anglais (États-Unis) par Rémy Lambrechts.

Cet ouvrage a été composé par
Nord Compo (Villeneuve-d'Ascq)
et imprimé par **Bussière Camedan Imprimeries**
à Saint-Amand-Montrond (Cher),
pour le compte de la Librairie Plon

Achevé d'imprimer le 4 mars 1997

N° d'Édit. : 12722 — N° d'Imp. : 1/608
Dépôt légal : mars 1997

Imprimé en France